APPRIVOISE-MOI

UNE NOUVELLE STARK INTERNATIONAL

J. KENNER

APPRIVOISE-MOI

Une nouvelle Stark International

par

J. Kenner

Traduit par Roberte de Waha – Language + Literary Translations, LLC

DU MÊME AUTEUR

————

Délivre-moi

Possède-moi

Aime-moi

Comble-moi

Prends-moi

Joue mon jeu

Sur tes lèvres

Sur ta peau

À tes pieds

Séduis-moi

Retiens-moi

Tout contre toi

Tout pour toi

Protège-moi

Damien

————

Apprivoise-moi

Tente-moi

————

Te désirer

T'enflammer

T'envoûter

Original publié en anglais en 2014 par Evil Eye Concepts, Incorporated sous le titre *Tame Me* par J. Kenner.

Traduction française publiée par Martini & Olive, LLC.

Traduit par Roberte de Waha – Language + Literary Translations, LLC.
Relecture effectuée par Estelle de La plume de Camélia.

Conception graphique de la couverture par Michele Catalano, Catalano Creative

Image de la couverture par DepositPhotos.com/billiondigital et artem_furman

Première édition française juin 2015
Deuxième édition française février 2019

Print ISBN: 978-1-949925-30-2

Jamie Archer, qui se destine au métier d'actrice, est en fuite ; d'elle-même, de ses manières d'enfant rebelle, du gâchis de la vie qu'elle a laissée derrière elle à Los Angeles. Mais surtout, elle fuit Ryan Hunter – le premier homme ayant réussi à percer le mur de ses défenses et à découvrir les peurs et les secrets obscurs qui l'habitent.

Ryan Hunter, chef de la sécurité auprès de Stark International, n'a qu'une certitude – il veut Jamie, lui faire l'amour, la posséder et l'avoir toute à lui. Et il est prêt à tout pour la faire sienne.

Mais après une nuit d'extase, Jamie lui fausse compagnie. Ryan réussira-t-il à la ramener à lui et surtout à la convaincre qu'elle fuit devant la meilleure chose qui lui soit jamais arrivée – *lui* ?

CHAPITRE PREMIER

— *Et bien*, me dis-je, *c'était vraiment une sacrée fête.*

Le dos tourné à l'océan Pacifique, j'observe l'équipe qui démonte habilement les jolies tentes blanches. On a déjà débarrassé les restes du festin et jeté les déchets. L'orchestre est parti il y a des heures, les derniers invités ont pris congé.

Même les paparazzis qui campaient sur la plage dans l'espoir d'accaparer quelques photos juteuses du mariage de ma meilleure amie, Nikki Fairchild, avec l'archimultimilliardaire et ancien champion de tennis Damien Stark ont disparu depuis longtemps.

Poussant un soupir, je me dis que ce vague à l'âme qui m'envahit n'est pas du spleen. C'est plutôt la gueule de bois après une nuit blanche passée à boire et à faire la foire. Bien sûr, je me raconte des histoires. J'ai un cafard monstrueux, mais je suppose que c'est normal. Après tout, je viens d'assister au mariage de ma meilleure amie avec le seul homme dans tout l'univers totalement et irrémédiablement parfait pour elle. C'est génial, et j'en suis vraiment et sincèrement heureuse, mais elle l'a trouvé sans s'être envoyée en l'air avec la totalité de la population masculine de Los Angeles.

Par rapport à moi, qui me suis sauté environ quatre-vingts pour cent de cette population et qui n'ai toujours pas trouvé un mec comme Damien, je pense qu'on peut dire sans risque de se tromper que Nikki a trouvé le dernier homme convenable.

Bon, peut-être pas le dernier, me corrigé-je au moment où mes yeux tombent sur Ryan Hunter qui descend le petit chemin serpentant de la maison de Malibu de Damien vers la plage où je me trouve maintenant. Ryan est le chef du service de sécurité de Stark International, et lui et moi avons été *de facto* l'hôte et l'hôtesse de cette soirée post-mariage depuis que les jeunes mariés se sont envolés en hélicoptère vers leur bonheur conjugal.

Ryan ne fait pas partie des quatre-vingts pour cent, et c'est vraiment regrettable. Cet homme est grave sexy, avec ses yeux bleus perçants et ses cheveux châtains, coupés court, presque une coupe militaire qui accentue les traits fermes et virils de son visage. Il est grand et svelte, mais fort et sexy. J'ai eu l'occasion de le voir maintenant aussi bien en jean qu'en smoking, et la seule vue de la courbe de ses fesses ferait venir l'eau à la bouche de n'importe quelle femme.

Nous avons peu à peu fait connaissance au cours de ces derniers mois et pour moi, c'est un ami. Franchement, j'aimerais pouvoir voir en lui plus que ça, et je crois qu'il pense comme moi, bien qu'il lui reste encore à faire le premier pas.

J'ai remarqué comment il me fixe, la chaleur qui flamboie dans ses yeux quand il croit que je ne le regarde pas. Peut-être est-il timide, mais j'en doute. Il a en lui un quelque chose de dangereux, qui convient parfaitement à son boulot comme responsable de la sécurité pour quelqu'un comme Damien et une entreprise comme Stark International.

Nikki m'a dit un jour que Ryan n'aimait rien autant que d'aller à la chasse aux monstres. Je la crois, et pendant que je le regarde descendre le long du chemin, ses mouvements alliant grâce et puissance, je l'imagine aisément dans une bataille, et je suis sûre qu'il ferait tout pour remporter la victoire.

Non, je ne crois pas que Ryan Hunter soit timide. Tout ce que je sais, c'est qu'il n'a jamais fait un geste vers moi, et ça, c'est vraiment regrettable.

Et bien entendu, maintenant c'est trop tard. Demain, je prends la route pour rentrer chez moi au Texas, cela fait partie de mon nouveau but dans la vie, que je me suis récemment fixé afin de mettre de l'ordre dans mon bordel. Et dans le cadre de tout ce plan *Réparer ma vie*, j'ai mis le holà aux coucheries. Je me concentre sur Jamie Archer. J'essaie de savoir qui elle est et ce qu'elle veut, et le premier point de ce plan, c'est d'éviter de faire des cochonneries avec n'importe quel mec séduisant qui croise mon chemin.

Sérieusement, les hommes appartiennent au passé maintenant.

Jusque-là, le plan fonctionne. J'ai trouvé un locataire pour mon appart à Studio City il y a quelques mois ; après quoi, je suis rentrée vivre à nouveau chez mes parents à Dallas. C'est dur d'être une actrice de vingt-cinq ans à Los Angeles, surtout une actrice qui doit encore décrocher un rôle décent. Il y a tellement de jeunes minets qui sont plus mignons que moi – et qui le savent. Et beaucoup trop d'opportunités pour une rapide partie de jambes en l'air.

Le Texas est plus lent. Plus facile. Et même si on ne peut pas prétendre que ce soit la capitale mondiale du spectacle, j'ai déjà passé plusieurs essais, et je pense que je pourrais même avoir quelques chances de décrocher un job comme journaliste auprès de l'antenne d'une station locale. J'y ai passé un entretien juste avant de prendre l'avion pour venir ici pour le mariage, et j'espère avoir des nouvelles du directeur des programmes très prochainement.

Et, oui, j'avoue que j'ai aussi réalisé une audition pour une publicité ici en Californie du Sud, mais je n'ai pas eu le job. Je me dis que c'est tant mieux, car si j'avais été prise, je serais restée à Los Angeles, parce que j'aime Los Angeles et que mes amis sont ici. Mais dans ce cas, je me serais retrouvée dans le même cercle vicieux – auditions et baise – et tout ce processus destructif aurait recommencé de plus belle.

Tout en regardant l'équipe finir son travail, je me dis que le plan est bon. Le plan est sage.

Alors qu'une douzaine d'ouvriers traînent le dernier poteau de la tente vers un camion proche, le surveillant vient vers moi avec un bloc-notes et un stylo-bille. Il me fait parcourir la liste, et je coche dûment tous les différents points pour confirmer que les derniers détails ont été réglés.

Puis je signe le formulaire, je le remercie et le regarde monter dans le camion et s'éloigner.

— Donc, voilà qui est fait, dit Ryan en s'approchant.

Il est toujours en pantalon de smoking et chemise blanche amidonnée, mais sa large ceinture a disparu, tout comme sa veste. Il a l'air follement séduisant, mais ce sont ses pieds nus qui me font craquer. Un mec, pieds nus en smoking sur une plage, a quelque chose de foutrement désinvolte, et je ne peux pas ne pas me demander si Ryan Hunter n'a pas aussi quelque chose de diabolique en lui.

Et si oui, aurai-je un jour l'occasion d'entrevoir cette partie satanique ?

— Plus aucune voiture dans l'allée, continue-t-il alors que j'essaie de retourner dans le monde réel. Je viens de signer la facture pour la société de voituriers. Je pense que nous pouvons tranquillement dire que c'est emballé. Et que c'était une réussite. (Son sourire est lent et aisé, et incontestablement très séduisant.) C'était vraiment une sacrée fête.

J'éclate de rire.

— Je pensais justement la même chose.

Mon estomac fait quelques contorsions, et je me dis que c'est la faim. Tout bien réfléchi, le champagne ne nourrit pas tant que ça, et je suis sûre qu'avoir dansé toute la nuit a brûlé les trois parts de gâteau de mariage que j'ai dévorées.

Bien entendu, je me raconte encore des bobards. Ce n'est pas la faim qui réveille ces papillons dans mon estomac. C'est Ryan. Et comme je suis plantée là, espérant secrètement qu'il me touche enfin, l'irritation monte en moi. Car, putain de bordel, pourquoi ne m'a-t-il pas déjà touchée ? Nous avons passé pas mal de temps ensemble. Nous avons même dansé ensemble à l'occasion de plusieurs sorties en groupe avec des copains. Sans nous toucher, peut-être, mais quand même assez proches pour que l'air entre nous soit saturé de promesses.

Et une fois, alors qu'une alarme sécurité s'était déclenchée chez Damien, celui-ci avait envoyé Ryan voir comment j'allais. Je portais un minuscule bikini à peine dissimulé par un bout de tissu, et j'étais sérieusement canon. Mais il n'avait pas fait un geste. Nous avons fini par parler pendant des heures, ce qui était bien, je lui ai même fait des œufs, ce qui représente à peu près le summum de mes talents culinaires.

Je suis sûre de ne pas avoir imaginé cette

vibration entre nous, pourtant, il n'a pas pris une seule fois l'initiative d'aller plus loin. Je n'arrive pas à comprendre pourquoi, et toute cette situation m'agace au plus haut point.

Sauf que je ne suis pas censée être agacée – Ryan ne joue aucun rôle dans mon plan.

Il se dirige vers la rive, et je lui emboîte le pas. Je m'étais débarrassée de mes chaussures dès que les ouvriers avaient démonté la piste de danse, car la plage s'accorde mal avec des talons de cinq centimètres, et sentir le sable sous mes pieds est fabuleux.

J'adore flâner sur la plage le matin. Il y a tant de choses à regarder – les mouettes furetant à la recherche de leur petit-déjeuner, les ondes se déversant en ourlet blanc mousseux sur le sable, les corps fermes et bronzés des surfeurs d'une vingtaine d'années attendant les vagues matinales. C'est comme un petit bout de paradis.

Et ce matin, Ryan apporte une valeur ajoutée au panorama. Il a retroussé ses manches, libérant ses avant-bras musclés, et quand il se penche pour ramasser un joli coquillage pourpre, je suis fascinée par ses mains. Elles sont grandes et fortes, mais à le voir tenir le coquillage, je ne puis m'empêcher de penser que ses mains sur moi seraient merveilleusement douces.

Je commence à accélérer le pas, car ma tête n'est pas vraiment supposée divaguer ainsi, mais il tend vers moi la main qui contient le coquillage.

— Un souvenir, déclare-t-il, et en dépit de son sourire désinvolte, il n'y a rien de désinvolte dans la flamme embrasant ses yeux.

Son regard brûle assez fort pour me traverser. Dans ma nuque, les racines de mes cheveux picotent, et pendant un bref instant, je ne suis plus certaine de savoir comment respirer.

— Je n'aimerais pas du tout que tu retournes au Texas et que tu oublies tout ce que tu as laissé derrière toi.

— Oh.

Ma voix s'est voilée, et je saisis le coquillage, mes doigts effleurant sa paume. Je sens le choc du contact qui descend jusque dans mes orteils, et j'attends qu'il m'attire à lui. Qu'il me touche. Qu'il fasse n'importe quoi pour que je ne reste pas juste plantée là avec le feu au cul.

Il n'en fait rien – et l'aiguillon pointu de l'exaspération se creuse un chemin à travers le mur de concupiscence. Je ferme ma main sur le coquillage et m'efforce de lui décocher un sourire tout aussi désinvolte.

— Merci.

Par chance, ma voix a l'air normale, bien que je sois aussi franchement émue qu'incontestablement irritée. Émue parce que c'est un magnifique coquillage, et un geste très tendre. Irritée parce que maintenant, je reçois des signaux contradictoires d'un mec super-sexy qui ne m'a toujours pas effleurée et auquel je ne devrais avoir aucune raison de m'intéresser.

Par contre, ma libido n'a pas encore reçu le message, car des milliers d'étincelles explosent en moi. À vrai dire, le feu s'était déjà déclaré dès ma première rencontre avec Ryan.

Du calme, ma fille.

J'inspire profondément et je récite ce qui depuis le temps s'est transformé en mantra : *le plan. Le Texas. Tourner la page. Nouvelle Jamie.*

Je me remets en marche, car il m'a trop remuée pour que je puisse tenir en place.

— Vas-tu prendre l'avion aujourd'hui ? me demande-t-il en épousant le rythme de mes pas.

— Pas l'avion. La voiture.

Je le vois perplexe – Nikki avait été retenue dans une réunion et avait prié Ryan de venir me chercher à l'aéroport, il y a juste un peu plus d'une semaine. Encore une rencontre qui avait déclenché en moi un feu d'artifice – mais il ne m'avait pas frôlée une seule fois.

Franchement, il faut que je mette fin à cette analyse mentale, ça va me donner des complexes.

— Penses-tu faire un peu de lèche-vitrine chez les concessionnaires de voitures aujourd'hui ?

— Nikki et Damien m'ont offert une voiture pour mon anniversaire, bredouillé-je, car je suis encore un peu embarrassée par un cadeau aussi incroyable.

Non pas qu'il soit extravagant pour un type comme Damien. Aucun doute que pour lui, même l'Australie ne serait pas excessive.

— Bon anniversaire, dit Ryan, et l'inflexion de sa voix me fait penser que lui-même serait un sacrément beau cadeau.

Surtout avec un gros ruban rouge noué juste au bon endroit.

Je me racle la gorge, refoulant cette idée.

— Bon. Ouais, en fait, ce n'est pas vraiment mon anniversaire. Ils avaient simplement pensé m'en faire cadeau parce que ma Corolla a connu des jours meilleurs. Et j'ai dit que je ne pouvais pas l'accepter, et Nikki a répondu...

Je me tais en haussant les épaules.

— C'est une bonne amie.

Maintenant, il marche dans le ressac, les vagues se brisant autour de ses pieds.

— Elle est froide ? lui demandé-je en indiquant ses pieds d'un geste de la tête.

— Un peu. (Il lève la tête, son regard m'enveloppe avant de rencontrer enfin le mien.) Mais je suis disposé à accepter toutes sortes de trucs pour obtenir quelque chose que je désire.

Ouahou.

— Je vois. (Je déglutis, puis je serre les poings pour éviter de me pencher vers lui, de l'attraper par le col et de l'embrasser.) Et alors, tu désires quoi ?

—Marcher sur la plage avec toi, évidemment.

Et ça y est. Ce *boum*, ce *déclic*. Il me prend par la main d'un geste léger et aisé. Apparemment amical, mais en fait c'est tellement plus.

Il est ardent, me dis-je. *Fort. Taciturne. Solide.* Le genre de mec qui sait ce qu'il veut et poursuit méthodiquement et implacablement son but.

Est-ce moi, son but ? Je frissonne légèrement et je me projette dans ma tête un petit bout de *Tant qu'il y aura des hommes.* Non que j'aie déjà vu le film, mais j'ai vu cette fameuse étreinte dans le ressac, et je suis plus que ravie de laisser mon imagination combler les lacunes.

— Tu ne rentres pas au Texas aujourd'hui, n'est-ce pas ? (Il m'observe de près, son regard aussi profond et intense que le Pacifique derrière nous.) Tu ne t'es pas couchée de la nuit. Tu ne devrais pas prendre de risques.

— Non, je ne rentre pas, dis-je, tout en imaginant les vagues qui se brisent sur moi et le corps de Ryan tout chaud au-dessus du mien. Je passe la nuit ici et je prends la route dès demain, à l'aube.

— Je suis bien content de te l'entendre dire. (Sa voix est soyeuse comme le whiskey, et je me demande si elle n'est pas en train de m'enivrer quelque peu.) Je me ferais du souci pour toi.

Je ne bouge pas, tout émue, et j'attends qu'il amorce un geste. Mais ce geste ne vient pas.

Je me dis que c'est là une bonne chose.

Et puis je me dis que je suis une foutue menteuse.

Ensuite, je me remémore *le* plan.

Mais vous savez quoi ? Merde au plan. Le plan, c'est pour le Texas, après tout. En fait, j'ai déjà décrété que tant qu'elle est en Californie, Jamie Archer est un désastre ambulant. Alors pourquoi ne pas être un désastre une dernière fois avec cet homme incroyablement sexy qui me fait vibrer ?

Sauf que cette option ne semble pas figurer au programme.

Car Ryan ne bouge toujours pas. J'envisage de faire moi-même le premier pas. Après tout, jamais je n'ai hésité à encourager un homme que je voulais dans mon lit. Pourtant, avec Ryan, on dirait que je ne suis pas capable de faire ce premier pas, c'est bizarre. Je me sens timide et gauche, alors que je ne le suis jamais.

Peut-être qu'il s'agit du mirage du plan. D'une culpabilité résiduelle. D'une justification préventive. Peut-être que mon subconscient me dit que s'il vient vers moi, alors un bon coup californien ne pose pas problème. Mais que moi je le relance, c'est totalement contraire aux règles.

Tout cela n'est qu'un tas de conneries alambiquées et tordues, mais je n'ai jamais prétendu que mon subconscient pratiquait la pensée linéaire.

Allez, fonce !

Bon sang, ça ne devrait pas être si difficile. Avoue, franchement. Quand j'ai décidé de me sauter Kevin en seconde du lycée, je l'ai acculé dans la buanderie, posé ma main sur son entrejambe et je lui ai demandé s'il voulait baiser. Alors, pourquoi diable avec Ryan Hunter, serais-je comme une fillette de sixième à son premier béguin ?

Bon. D'accord. Je vais faire le grand saut...

Je m'éclaircis la voix.

— Alors, donc... dis-je, et je ne continue pas.

Je pense que c'est peut-être lui qui va reprendre.

Mais il n'en fait rien. Il se contente de me regarder, plein d'intérêt innocent et d'une curiosité tranquille. Son expression est neutre, et pourtant j'ai clairement l'impression qu'il s'amuse.

— C'est juste que je n'arrive pas à te déchiffrer, me laissé-je échapper.

— Vraiment pas ?

— On a passé de bons moments ensemble, non ? Et je t'ai vu me regarder. (Je passe ma langue sur mes lèvres, je déteste me sentir aussi énervée.) Et je sais que moi je t'ai regardé. Alors, que se passe-t-il ?

— Il se passe quelque chose ?

Je penche un peu la tête et lui décoche mon plus beau sourire séducteur.

—Tu ne m'as jamais fait une avance, dis-je avec cette voix qui laisse clairement transparaître que j'accueillerais très volontiers une telle initiative à ce moment précis.

— Non, admet-il. Je ne t'en ai jamais fait.

— Oh. (Mentalement, je fais machine arrière. Ce n'était pas là la réponse que j'attendais.) D'accord. Alors, pourquoi pas ? Je ne t'intéresse pas ?

— Au contraire. J'ai peut-être supposé que toi tu n'étais pas intéressée.

— Sérieusement ?

— Depuis un petit moment, je ne te perds pas des yeux, Mademoiselle Archer. Et d'après ce que j'ai vu, tu n'es nullement timide quand il s'agit de faire des avances à un homme que tu veux.

Je perçois la passion rêche qui voile sa voix, mais j'ignore s'il est sérieux ou s'il se moque de moi. Je sais seulement que plus il me regarde avec ces yeux bleus indéchiffrables et plus il me parle avec cette voix sexy et musicale, plus je fonds, au point que j'ai peur de me dissoudre sur place et d'être emportée par la prochaine marée.

— Oh, m'exclamé-je bêtement.

Bon sang, je voudrais sentir ses mains sur moi. J'ai couché avec un tas de mecs, mais il me semble en ce moment que jamais je n'ai aussi désespérément aspiré à être touchée par un homme.

Je réfléchis au plan. J'évoque mon échappatoire.

Je pense au fait que cette échappatoire exige que ce soit lui qui fasse le premier pas.

Et puis, songé-je, *qu'est-ce qu'on s'en fout ! Vas-y, fonce !*

— D'accord, dis-je en réprimant cette maudite

nervosité, puis je glisse ma main sous sa chemise et le serre contre moi.

Il a une odeur de musc et de désir et j'inspire profondément, laissant son parfum m'envahir, me réchauffer. Même pas quelques centimètres nous séparent, et l'air que nous respirons semble scintiller, chargé de passion.

Je presse mon autre main contre sa cuisse et dans une lente caresse, plus haut, plus haut, toujours plus haut, j'effleure la dure longueur de son érection. Mes cuisses tressautent, et mon sexe se contracte sous l'emprise du désir. Chaque parcelle de mon corps est à vif, comme si j'étais parcourue par un fil électrique, lançant des crépitements et des étincelles.

Nous sommes de la même taille, et je n'ai qu'à me hausser un petit peu sur la pointe des pieds pour réclamer sa bouche contre la mienne. Je ferme ma main sur le bronze de sa verge et je la sens tressauter à mon contact. Je l'entends geindre, et je n'en mouille que plus.

Ses mains ébouriffent mes cheveux, il m'attire à lui en m'embrassant plus profondément, en me baisant avec sa bouche, brutalement, me faisant mouiller, mouiller infiniment, et la seule chose que je voudrais, c'est glisser ma main dans son pantalon et le libérer, puis tomber sur le sable, remonter ma robe et hurler pendant qu'il me prend plus fort que je n'ai jamais été prise de toute ma vie.

Je reste pantelante quand il se retire. Je suis l'incarnation du désir, mes seins douloureusement impatients qu'il les touche, ma vulve pulsant d'envie. Je suis déchaînée, désespérée, et en voyant dans ses yeux le même désir sauvage, je sais que cette matinée sera incroyablement grisante.

— Bon, répété-je d'une voix étouffée et lourde d'envie. Là, c'est moi qui ai pris les devants.

— Et là, dit-il gentiment en s'éloignant d'un seul pas de moi. C'est moi qui dis non.

CHAPITRE DEUX

—Non, dis-je au téléphone. Ce salaud a vraiment dit non.

Je suis dans la chambre d'amis devenue mon foyer provisoire. J'ai mis mes écouteurs, et je suis étalée sur le lit, caressant distraitement lady Meow Meow tout en contemplant à travers la porte-fenêtre la plage immaculée sur laquelle j'ai été si affreusement éconduite.

— Écoute, tu arrives à le croire ? Il m'a carrément larguée.

De quelque part au Mexique, la voix de Nikki me parvient sur la ligne.

— Franchement, je n'arrive pas à le croire. J'ai vu comment il te regarde, et il y a sérieusement de l'érotisme dans l'air. Mais, James, qu'est-ce qui a bien pu te prendre à lui faire du gringue ? J'avais cru comprendre que tu avais déclaré un moratoire sur le sexe.

Comme je ne souhaite pas vraiment discuter davantage de ma logique tortueuse avec ma meilleure amie, je me cantonne dans la raison et la rationalité.

— Tu sais quoi ? Je suis une idiote. C'est incroyable que j'aie déversé tout ça sur toi. Et d'abord, pourquoi diable m'appelles-tu ? Ne devrais-tu pas être en train de sauter Damien au point de lui faire sortir les yeux de la tête ?

— Déjà fait, répond-elle, poussant le type de soupir qui réveille ma jalousie. Et je prévois une reprise pour très bientôt. Mais en ce moment, lui aussi est au téléphone. Ce soir nous partons pour Paris, et il fait les dernières vérifications avec le pilote. Et comme je n'ai pas eu l'occasion de te saluer avant la lune de miel, j'ai voulu t'appeler. Je t'aime, tu sais. Et je suis tellement contente de t'avoir eue comme demoiselle d'honneur. D'ailleurs, Damien voulait que je te rappelle que la jauge d'essence de la Ferrari ne fonctionne pas. Il va t'envoyer un mail pour te dire où l'emmener quand tu arriveras à Dallas, mais surveille le compteur en attendant, et fais le plein quand tu auras bouffé la moitié du réservoir environ, d'accord ?

— Je sais. Il me l'a dit au moins une douzaine de fois déjà.

La voiture offerte par Damien et Nikki est la même splendide Ferrari, aux lignes pures, que j'ai accidentellement réduite en miettes à San Bernardino ; tout du moins, j'étais convaincue de l'avoir réduite en miettes. Manifestement, Damien a fait appel au meilleur chirurgien de voitures du monde qui l'a remise en état de rouler. Après quoi – à ma surprise et stupéfaction – lui-même et Nikki m'ont fait cadeau de la Ferrari.

—Je n'arrive toujours pas à croire que vous...

— Vas-tu arrêter de parler de ça ? Tu aimes la voiture. Nous t'aimons. Fin de l'histoire.

— Bon. Merci. (J'imagine Nikki rouler des yeux, et cette idée me fait sourire.) D'accord, fais-je une fois de plus, puis je m'éclaircis la voix. Et alors, que devrais-je faire à propos de Ryan ?

Elle soupire.

— Putain, James, j'aimerais bien savoir quoi te dire. J'aime bien Ryan – en fait je l'aime beaucoup. Et si tu n'étais pas... (Elle se tait brusquement.) Tu sais quoi ? Ne t'en fais pas.

— Oh non, réagis-je. Tu ne t'en tireras pas à si

bon compte. Quoi que tu aies voulu dire, dis-le. Je sais déjà que je suis un cas psychiatrique, donc ce n'est pas comme si tu allais me dire quelque chose que j'ignore.

— Jamie. (Sa voix est douce et un peu triste.) Je me fais tout bonnement du souci pour toi, c'est tout.

Je change de position sur le lit, gagnée par un vague sentiment d'inconfort.

—Je le sais, soufflé-je alors que le chat se lève, bâille et sort en trottinant, sans visiblement s'intéresser à mon drame. Tout comme moi, je me fais du souci pour toi. Mais maintenant, tu as Damien pour ça.

— Ce qui ne veut pas dire que je n'ai pas besoin de ma meilleure amie, rétorque-t-elle, et je dois être plus fragile que je ne le pensais, car une larme s'échappe et glisse le long de ma joue.

— Écoute, dit-elle gentiment. Nous savons toutes les deux quel désastre je suis, mais je ne suis pas la seule à avoir des cicatrices, et je me préoccupe à ton sujet. J'aime beaucoup Ryan, ajoute-t-elle. Mais je ne veux pas qu'on te fasse du mal. Et d'ailleurs, je ne veux pas que tu lui fasses du mal non plus.

— Aucun problème de toute façon, réponds-je. Au cas où le principal sujet de la conversation t'aurait échappé, il m'a plantée, là.

— Simplement, n'insiste pas, d'accord ? Rentre chez toi. Mets de l'ordre dans tes idées. Ne…

— Ne quoi ?

— Ne te jette pas sur lui comme si le sexe était une arme ou que sais-je. Promets-le-moi.

— Je n'en ferai rien. Ce n'est pas une arme.

Je ne mens pas – je n'ai jamais eu recours au sexe comme à une arme, pas vraiment. Par contre, je m'en suis servi comme d'un bouclier. Maintiens le contrôle, garde les mecs en laisse. Que ce soit un plaisir, que ce soit un jeu. Jamais sérieux. Jamais profond.

Car si tu ne leur permets pas de sauter la barrière, ils ne peuvent pas te briser le cœur.

— Je t'aime, dit Nikki, et dans ces trois petits mots, je devine une totale compréhension.

— Je sais, et je jure que je ne ferai rien d'autre que de rentrer chez moi à Dallas. Donc, je n'ai pas besoin que tu me fasses la morale ou que tu me rappelles quoi que ce soit. Franchement. Et maintenant, va faire la femme mariée ou ce que tu veux.

— Voilà qui est une belle idée.

Je ris, puis je lui fais un rapide compte rendu de ce qui s'est passé sur la plage après son départ et celui de Damien, et elle me promet de m'envoyer un texto de Paris pour m'informer qu'ils sont arrivés sains et saufs. Je lui dis de ne pas se tracasser. J'ai déjà vu les photos de leur mariage sur Twitter. Et je ne doute pas que les paparazzis de Paris enverront aussi leurs tweets.

Puis nous raccrochons, et je reste là étendue sur le lit à regarder cette foutue plage dehors et à me demander pourquoi diable Ryan est parti.

Oui, je suis carrément pathétique.

Je me redresse, furieuse contre moi-même. C'est fini. C'en est fait. Ryan est parti depuis belle lurette – j'étais restée plantée sur la plage à le regarder marcher vers la maison. Je n'avais pas voulu le suivre. Appelez ça de l'embarras ou de l'orgueil, mais j'ai traîné au moins une heure avant de pousser finalement mon cul jusqu'à la maison, chaque pas me coûtant de gros efforts.

C'est curieux, bien qu'ayant travaillé si durement hier pour organiser la fête – et ensuite dansé et fait la foire et bu toute la nuit – je n'avais pas ressenti la fatigue avant. Certainement pas lorsque Ryan était apparu et m'avait escortée sur la plage, ou quand il m'avait serrée de près, ou quand il avait déclenché ces frémissements dans mon corps.

Bien au contraire, être si proche de lui, c'était comme avoir bu une boisson énergisante, qui me coupait le souffle, me rechargeait tout en m'énervant juste un petit peu.

Ou pour le moins c'est ce que je ressentais jusqu'à ce qu'il parte. Maintenant, je voudrais m'écrouler. Je suis absolument vannée et perdue, et bien qu'avoir eu des nouvelles de Nikki m'ait fait grand plaisir, je me sens plus que déprimée maintenant. Et très très seule.

Tout d'abord, quand je suis revenue dans la maison, je pensais le voir. Mais la maison était vide et silencieuse, et bien que j'aie vérifié sur le devant, il n'y avait pas trace de voiture, donc je suis retournée à l'intérieur pour rejoindre d'un pas lourd ma chambre d'amis, soulagée et irritée en même temps. Soulagée parce que tout à l'heure je m'étais manifestement ridiculisée. Irritée parce que Ryan et moi avions partagé la responsabilité de gérer la réception de mariage et de nous occuper des hôtes de la maison. Nous avions dorénavant collaboré étroitement pendant près de quarante-huit heures, et la moindre des choses aurait été qu'avant de partir, il s'assure avec moi qu'il ne restait plus rien à faire.

Mais tout est fait. Pourtant, il aurait dû vérifier.

Je me dis que je m'en fiche, et que mon agacement n'est dû qu'à ma grande fatigue. J'ai besoin d'une sieste. Un peu de repos et de récupération. Je vais m'allonger au bord de la piscine, plus tard, je nagerai un peu. Cet après-midi, je ferai peut-être une virée dans les petites boutiques en ville. Il faudrait que je ramène quelque chose de marrant à mes parents – un tableau pour l'entrée, peut-être, ou un truc amusant pour la cuisine.

Après, j'achèterai un plat à emporter et je m'écroulerai dans mon lit. Je passerai une bonne nuit de sommeil, je prendrai la voiture et je ramènerai mon derrière au Texas. Loin de la Californie, des tentations, et de Ryan Maudit Hunter.

Le projet est bon, et je m'en vais me mettre en maillot et trouver quelque chose à lire. Récemment, j'ai repris la lecture de *Rebecca*, mais en ce moment, ça ne m'attire pas. À la place, j'attrape un numéro de *Cosmopolitan*. J'ai un sourire ironique. L'article du mois sur *comment faire trouver son bonheur au lit à un homme* pourra peut-être m'être utile si jamais je revois Ryan.

Comme tout dans cette maison construite par Damien, la piscine sur la façade arrière est un petit coin de paradis. Le bassin lui-même est énorme, c'est une piscine à débordement qui donne l'impression de se déverser dans le Pacifique. Bien sûr, il y a un spa, une cascade et un bar directement en bord de piscine.

L'eau est chaude – j'y marche avec plaisir jusqu'à ce qu'elle m'arrive aux épaules, puis je ferme les yeux et je me laisse couler au fond, m'abandonnant au calme étrange de cette piscine vide.

Mais comme je n'ai pas grande envie de nager, je sors de la piscine et je me sèche superficiellement. J'aime bien cette sensation d'humidité sur mon corps, je me couche sur le dos et savoure la petite brise qui caresse ma peau mouillée.

La chaise longue est rembourrée et l'accoudoir est doté d'un trou où poser un verre. Et puisque de toute manière, j'ai décidé de piquer un petit somme, je me dirige vers le frigo et j'en sors un thermos à vin. Je choisis un transat sous la pergola pour être au moins un peu à l'abri du soleil. Et puis, enfin, je m'installe avec ma lecture pour me délasser.

J'arrive à lire quelques pages du magazine avant que mes paupières ne commencent à s'abaisser. Laissant tomber la revue sur le sol carrelé, je ferme les yeux. *Juste un petit somme*, me dis-je, alors que le sommeil m'emporte, et je descends, descends, descends dans mes rêves.

Il est là.

Ryan.

Je suis dans un vaste pré vert, et sans arriver à le voir clairement, je sais que c'est lui l'homme au loin. *Hunter*, pensé-je. *Le chasseur. Et moi je suis sa proie.*

Il vient vers moi à grands pas, son jean bas sur ses hanches. Il est torse nu, et le soleil tape sur de larges épaules et une poitrine svelte et finement sculptée. Je vais vers lui, attirée par quelque force irrésistible.

Et puis il est là, et nous ne sommes plus dans un pré, mais sur une plage. Je suis dans ses bras et j'entends un orchestre, et Nikki est ici avec Damien, qui applaudissent pendant que Ryan me fait voltiger en rond encore et encore, jusqu'à ce que le vertige m'oblige à m'allonger.

Plus tard, je suis étendue par terre et les vagues explosent sur moi. La tente a disparu, l'orchestre s'est évanoui. Il ne reste que le bruit de l'océan déferlant sur la plage, que la sensation de l'eau qui m'asperge.

Elle n'est pas froide – non, elle est chaude, si chaude. Et je m'étire, sentant en moi une douceur, une langueur, une sollicitation – je veux ses mains, ses caresses. Et ensuite, comme cela arrive dans les rêves, il est là, son corps ferme au-dessus de moi, sa bouche se promenant le long de mon mollet, de ma cuisse.

Je frémis, me rendant compte que je suis nue, mais la désinvolture ne me quitte pas. J'écarte mes jambes pour lui et je me cambre quand sa bouche se ferme sur ma vulve. Il y pose un baiser, un geste si profondément intime que des ricochets de plaisir me traversent. Sa langue joue sur moi, me baigne, titille ensuite mon clitoris, me portant au bord de l'orgasme, et reprend le supplice en dessinant un sillon de baisers sur mon ventre.

Ses mains triturent mes seins, ses doigts pincent mes tétons, envoyant des courants électriques qui descendent jusqu'à mon sexe. Ma chatte se contracte à la recherche désespérée de sa bite en moi, et je gémis une supplique incohérente implorant d'en avoir encore plus.

Maintenant, sa bouche se ferme sur la mienne, me réduisant au silence, et j'ai sur ma langue sa saveur – ma saveur. Je sens son membre dur entre mes jambes, le bronze de sa verge dont la longueur se frotte contre mon sexe dans un mouvement de provocation.

Je gémis sous sa bouche, et il se retire gentiment. Le choc de cette séparation me transporte dans le monde de l'éveil.

—Me veux-tu en toi ? chuchote-t-il à mon oreille,

et sa voix continue à remplir mes rêves. Veux-tu que je te baise ?

— Oui, murmuré-je alors que le sommeil s'éloigne. Oh, oui.

Maintenant je suis réveillée, mais quelque part encore prisonnière de mon rêve. Mon vagin est tout moite de désir, et le soleil qui tape sur moi m'apporte détente et sensualité.

Lentement, comme dans un rêve, je fais glisser une de mes mains le long de mon corps. Je porte un tout petit bikini, et quand mes doigts effleurent mes seins, le contact avec mes tétons ultra-sensibles m'arrache un hoquet. Ensuite, je continue ma descente vers le sud, ma paume aplatie sur mon estomac, mes muscles qui tressautent pendant que je glisse avec une lenteur douloureuse le long de mon ventre.

Il est toujours dans ma tête. *Hunter,* pensé-je. J'aime ça. Il s'en dégage une impression de férocité. D'excitation. Hunter ne serait pas parti. Hunter m'aurait jetée sur la plage et besognée sur place, et l'idée que quelqu'un vienne à passer ne l'aurait pas perturbé.

Cette idée me fait perdre un peu la tête, et je serre fort mes jambes tout en tortillant des hanches. Ces mouvements apportent une légère atténuation, mais pas assez. Il m'en faut plus. Il me faut Ryan, mon rêve éveillé.

Je porte une main vers ma poitrine et je glisse mes doigts sous le haut du bikini et sur mon sein gonflé jusqu'à frôler mon téton. C'est une sensation divine, et je me cambre un peu sous mes propres caresses. Je sens mes seins lourds, mes tétons se pressant contre les minces triangles de tissu du soutien-gorge du maillot.

Je caresse mon téton, je le cajole pendant que mon autre main descend de plus en plus bas, jusqu'à ce que mes doigts s'insinuent sous l'élastique qui tient le bas du bikini. Et puis je les pousse encore plus loin jusqu'à trouver ma propre touffeur mouillée. Le souffle me manque, je me tords sous la douce secousse qui me traverse lorsque je frôle délicatement mon clitoris.

Je mouille désespérément en proie à un désir frénétique. Mais je ne cherche pas seulement le soulagement, c'est l'homme que je veux.

Inutile de le nier – je désire Ryan Hunter. Et si je ne peux avoir l'homme lui-même, je l'aurai dans ma fantaisie.

Je trace avec mon doigt de petits cercles taquins, laissant le plaisir s'amplifier, me cambrant pour le rendre plus intense.

Je me mords la lèvre inférieure et serre fort les yeux tout en glissant deux doigts dans mon sexe, puis je me cambre lorsque mon corps se crispe sous le désir inassouvi. Je tremble, je me tords, je m'agite dans une recherche désespérée de jouissance.

Je baisse le haut du bikini, libérant mes seins, et je me pâme en sentant la chaleur du soleil sur mes tétons. J'en saisis un entre deux doigts et je le pince, lançant un cri quand la flamme me traverse jusqu'à mon clitoris trop sensible.

Je retire ma main et trace des cercles de plus en plus rapides sur mon sexe si réceptif, mais cela ne suffit pas. Je veux être désirée, possédée. Je veux sentir sa bite en moi, pas seulement ses mains sur moi. J'abandonne mes seins lourds et douloureux pour porter cette main de plus en plus bas, jusqu'à suffoquer sous l'effet du plaisir de ces deux doigts qui titillent mon clitoris pendant que je me bourre moi-même de l'autre main.

Non. Pas moi-même.

Hunter.

— Oui, fais-je doucement, n'étant même pas certaine de parler à haute voix. Oh, putain, oui.

Dans ma tête, je le vois au-dessus de moi, ses yeux cherchant les miens. Je peux entendre sa voix, me disant de jouir pour lui, d'exploser avec lui. C'est son membre dans moi, poussant plus profondément, plus durement, me possédant. M'exigeant. Réclamant son dû.

— Hunter, crié-je pendant que mes yeux s'ouvrent en frémissant et que ses doigts – mes doigts – s'enfoncent encore plus profondément en moi.

Et le voici en chair et en os.

Je me raidis, immobile devant Ryan Hunter qui m'observe, debout – avec dans ses yeux un feu si intense que c'est un miracle que je ne m'embrase pas.

CHAPITRE TROIS

Je commence à retirer ma main, mais son « non »
ferme et tranchant me paralyse.

Mon cœur bat la chamade. Ma peau rougit. Je
suis embarrassée, exaltée et confuse.

— Ryan, soufflé-je. Je... qu'est-ce que tu...

Je commence à remuer. Il faut que je bouge.
Putain, il faut que je m'échappe.

— Non, répète-t-il plus doucement cette fois-ci,
mais avec la même fermeté, et la force de ce mot me
cloue sur place. N'arrête pas. Jouis pour moi, Jamie.
Je veux te voir exploser pour moi.

Je suis tentée de l'envoyer au diable, de
m'envelopper dans une serviette et de me réfugier
dans la maison.

Je suis tentée de le faire – mais juste parce que je

pense que c'est ce que je devrais faire. Pourtant, je n'ai jamais été une fille qui donne du poids à *je devrais*. Je suis entièrement portée sur *je veux*.

Et ce que je veux, c'est finir ça.

Ce que je veux, c'est le faire bander, le rendre fou. Et je sais qu'il n'en est pas loin. J'en vois les preuves, même à cette distance. Le gonflement dans son jean. La façon dont il serre les mâchoires. La façon dont sa main se crispe autour de l'extrémité décorative du portillon à côté duquel il se tient.

Il est aussi excité que moi, et cela m'encourage de le savoir.

Il m'a un peu fait perdre la tête lorsqu'il m'a abandonnée sur la plage. Et maintenant, me dis-je pendant que je mordille ma lèvre inférieure et frôle de mon doigt mon clitoris tumescent – maintenant, c'est à moi de lui faire perdre la tête.

Et ce jeu-là, je le pratique depuis des années.

Je ne dis mot. En revanche, je continue à le fixer du regard tout en faisant glisser ma main vers le bas. Je mouille et je suis toute moite, et la tension que je lis sur son visage ne fait que m'exciter davantage.

J'enfonce mes doigts dans mon vagin, mes hanches se soulèvent pendant que je me masturbe avec mes doigts sous son regard rempli de désir.

Je rentre et sors mes doigts, m'excitant en frottant

légèrement mon clitoris. Je maintiens le mouvement, respirant fort, les yeux sur Ryan, ma bouche ouverte et ma respiration de plus en plus difficile.

Je déplace mon autre main pour caresser ma poitrine et ce faisant, j'entends un profond soupir. Cela ne fait que m'exciter davantage, et mes paupières se baissent au fur et à mesure que la tension monte, monte, monte en moi.

— Non, dit-il. Je veux voir tes yeux. Je veux te regarder quand tu jouis.

J'ouvre les yeux et nos regards s'accrochent. Il est chaleur. Il est puissance.

Il est tout ce à quoi j'aspire, et je commence à me demander si je serai capable de survivre à ce moment. Si je serai capable de résister à la violence de l'explosion qui augmente en moi.

— Voilà, m'encourage-t-il. Tu y es presque. Mon Dieu, Jamie, as-tu idée de combien je bande ? Combien je voudrais être en toi ?

Je pousse mes doigts dans mon sexe et glisse l'autre main vers le bas, mes hanches se cambrent violemment. Je suis déchaînée, sans vergogne, et mes yeux ne quittent jamais les siens. Pas pendant que la tension continue de croître. Pas pendant que les étincelles commencent à fuser. Pas pendant que le courant électrique me traverse, enflant jusqu'à ce qu'il n'y ait plus nulle part où aller, et je pousse un cri, incapable de garder en moi toute cette ivresse.

Je reste accrochée à son regard pendant que mon corps tressaille, que les tremblements s'atténuent et que je reviens sur terre.

J'observe ses yeux, et je pense que pour la première fois, quelqu'un a su voir aussi profondément en moi.

Je suis étendue là, respirant faiblement, pendant que Ryan vient vers moi, tout force et détermination. Il a une expression dure, ses yeux lancent des flammes. Mes lèvres sont entrouvertes et je me cambre sans réfléchir, rapprochant d'autant mon corps du sien en une silencieuse imploration, désirant qu'il me touche.

Pourtant, il ne tend pas la main vers moi. Par contre, il s'arrête à côté de la chaise longue et me regarde de haut. Ses yeux passent lentement sur moi avec une si douce délibération que j'en tremble, mon corps sursautant comme s'il réagissait à son contact.

— Dis-moi. Dis-moi à qui tu pensais.

— Personne, riposté-je tout en sachant que pour lui, mon mensonge est transparent.

— Ne me mens pas, mon chat. Je n'aime pas ça.

Je passe ma langue sur mes lèvres.

— Je n'ai pas compris, dis-je sur un ton taquin. Je croyais que tu étais un mec bien. Je t'ai cuisiné des œufs un matin, tu te souviens ? Je n'aurais jamais cru que ce mec si gentil avec lequel j'ai partagé un petit-déjeuner allait...

— Allait quoi ?

— Allait me regarder me masturber, finis-je hardiment.

— Regarder ? répète-t-il, pliant les genoux pour s'asseoir sur ma chaise longue. Comme sa hanche frôle la peau nue de ma taille, je deviens hyperconsciente de sa proximité.

— J'ai fait plus que regarder, mon cœur.

Il soulève ma main, ensuite la caresse lentement, ce qui attise encore plus mon désir.

— J'ai imaginé que ces doigts étaient les miens. Que c'était moi qui caressais ta peau, qui m'insinuais sous ton maillot.

Il porte ma main vers mon ventre tout en parlant, puis pose sa propre main à plat sur le dos de la mienne avant de faire descendre nos deux mains jointes.

— As-tu seulement idée de combien ma bite s'est durcie juste en pensant combien tu étais mouillée, combien ta chatte était serrée ?

Il accompagne deux de mes doigts dans mon

vagin et je hoquète de plaisir et de surprise quand il les enfonce de plus en plus profondément.

— Je t'en prie, l'imploré-je, sans même savoir ce que je demande.

Je ne suis qu'un méli-mélo confus de sentiments, chaude et incontrôlable. Je veux jouir. Je veux exploser. Je veux ses mains partout sur moi.

— C'est ça, dit-il alors que j'agite mon bassin sans aucune retenue, réclamant d'en avoir encore plus – réclamant tout. Oh, oui. Tu aimes ça, n'est-ce pas, petit chat ?

— Oui, murmuré-je. Mon Dieu, oui.

Et pourtant, je ne reconnais pas cette femme – cette fille qui se liquéfie au son de la voix d'un homme, qui se soumet à ses caprices. La Jamie que je connais garde son sang-froid en tenant solidement en main le sexe d'un homme et en en faisant une laisse pour le promener. Mais cette Jamie – oh, bon sang, en ce moment cette Jamie n'aspire à rien d'autre qu'à capituler devant le plaisir.

Mais il ne fait que me tourmenter, une triste vérité dont je me rends compte quand il retire mes doigts, puis dénoue nos mains enlacées. Ensuite, il porte ma main à ses lèvres, et je recommence à me liquéfier quand il avale mes doigts, il suce et il lèche avec une intensité si délibérée que je sens la secousse de la tension descendre jusqu'à mon clitoris.

— Suis-je un mec bien ? demande-t-il en libérant ma main. Je n'en sais rien, Jamie. Je pense que cela dépend de toi. Si tu as besoin d'un mec bien, je serai un mec bien. Mais je ne crois pas que ce soit ce dont tu as besoin en ce moment.

J'essaie de parler, mais je n'en semble plus capable. Je déglutis, puis je réessaie :

— De quoi ai-je besoin ?

Mais il ne dit mot. Il se contente de sourire. Et je l'avoue, il a fait de moi un tel amas de confusion et d'émotions que je ne sais plus si je voudrais l'embrasser ou le gifler.

Je n'aime pas me sentir confuse, mais ma gêne me donne du courage. Je m'appuie sur mes coudes.

— Diable, à quel jeu es-tu en train de jouer ?

— Qui te dit que je suis en train de jouer ?

— C'est moi.

Il penche la tête.

— D'accord. Pourquoi ?

— Il me semble me souvenir que sur la plage, tu m'as dit non. Pourtant, tu es ici maintenant.

— Oui, dit-il. Je suis ici.

— Ryan.

Il secoue la tête, puis caresse d'un doigt le

pourtour de mon menton. C'est un geste familier, presque tendre, et il m'énerve.

— Tu m'as appelé Hunter avant de savoir que je t'observais. Cela m'a plu.

— Ryan, reprends-je fermement. Quel est ton putain de jeu ?

Il m'observe pendant assez longtemps pour que je commence à me demander si je ne devrais pas simplement mettre fin à ça et rentrer dans la maison.

— Sais-tu pourquoi j'ai dit non ? continue-t-il enfin.

Je fais non de la tête.

— Parce que je t'ai observée, Jamie. Observée et désirée. Je veux t'embrasser, te toucher. Je veux te baiser, Jamie, mais je veux aussi tellement plus que cela.

— Quoi ? demandé-je, hypnotisée par ses mots.

— Tout, dit-il simplement. Je veux te ligoter et te faire l'amour jusqu'à ce que tu demandes grâce. Je veux me servir de ma paume pour rougir ce derrière – car nous savons tous les deux combien tu as été vilaine. Je veux te faire jouir tellement vite et fort que tu te vas te mettre à hurler, et puis demander de recommencer.

Je passe ma langue sur mes lèvres, mon corps frémit déjà à l'avance.

— En d'autres mots, continue-t-il, je veux que tu sois à ma merci, petit chat. Et j'ai bien l'intention de te faire ronronner.

— Petit chat ? répété-je. Essaierais-tu de m'apprivoiser ?

— Au contraire. J'aime ta sauvagerie. Mais je ne te permettrai pas de partir, dit-il avec fermeté. Je ne serai pas un de ces hommes que tu jettes.

Il me regarde, son expression est implacable. C'est l'homme qui dirige le service sécurité d'une entreprise multimilliardaire ; c'est un homme qui obtient ce qu'il veut.

— Alors à toi de me le dire, Jamie, continue-t-il. Veux-tu que je te saute ? Ou devrais-je m'en aller de suite ?

CHAPITRE QUATRE

Chaque particule d'autodéfense qu'il y a en moi me dit d'y aller mollo. D'affirmer que je n'accepte aucun ultimatum. De lui dire que je ne sais que trop bien que son désir est aussi fort que le mien.

En d'autres termes, de reprendre le dessus.

Je n'en fais rien.

Je ne veux pas risquer qu'il me prenne au mot. Qu'il s'en aille.

Car, bon sang, je veux cet homme.

J'ai plein de raisons pour lui dire non – mais je sais aussi que je ne le ferai pas.

Car juste ici, juste en ce moment, je veux sentir cet homme en moi, plus que je n'ai jamais voulu aucun autre homme. Putain, plus que je n'ai jamais désiré quoi que ce soit d'autre.

— Jamie, dit-il. Que veux-tu ?

— Oui, murmuré-je tout bas.

— Oui quoi ?

Lentement, je me redresse. Je tourne la tête pour pouvoir le regarder en face.

— Oui tout, précisé-je. Tu veux que je te sois soumise ? Je le suis déjà.

Un éclair de pur désir passe fugitivement sur son visage, et je presse mes mains contre sa poitrine, puis je les glisse vers le bas sur son torse svelte et dur.

— Baise-moi, Ryan Hunter. Je veux que tu me baises ici et maintenant.

— Très bien, dit-il, passant ses mains dans mon dos pour défaire la fermeture du soutien-gorge de mon bikini. Je suis ravi de te l'entendre dire.

Le haut du bikini pendouille sur ma poitrine, et quand il s'approche – quand sa main dans mon dos soulève lentement mes cheveux mi-longs et qu'il défait le nœud sur ma nuque – je fais un effort pour respirer, mais il semble que j'ai oublié comment m'y prendre.

Mon maillot tombe, et je le suis des yeux quand il atterrit à mes pieds. Mon regard remonte et je rencontre les yeux de Ryan. Des flammes bleues semblent être sur le point de s'y embraser.

— Le bas, ordonne-t-il d'une voix si saturée de désir qu'elle ne ressemble plus à la sienne. Retire-le.

Je déglutis, mes mains glissent lentement sur mes hanches, je passe mes doigts sous le tissu et je me débarrasse en me tortillant de la minuscule culotte. Elle tombe sur mes chevilles et j'en sors mes pieds. Ma respiration s'accélère, j'ai conscience du moindre petit poil se dressant sur mon corps. De chaque minuscule goutte de sueur qui perle sur ma nuque. Mes tétons sont durs et mes aréoles se plissent. Je mouille, et comme je suis épilée, je sais qu'il peut voir à quel point je suis excitée, enflée et prête.

Il baisse les yeux sur mes pieds, puis son regard monte lentement le long de mon corps. Je tente de ne pas bouger, mais cette inspection est comme une caresse, et quand son regard s'attarde sur mon sexe – quand il lâche un gémissement sourd empreint de plaisir et de désir – j'arrive à peine à ne pas faufiler ma main entre mes jambes pour soulager un petit peu cette tension croissante.

Son regard monte toujours, s'attardant sur mes seins avant de se figer sur mon visage.

— Tu es éblouissante, dit-il. J'adore te voir si excitée. Cela attise le feu qui flamboie en toi.

— C'est grâce à toi, réponds-je.

— Ça aussi, j'adore, reprend-il.

Je passe ma langue sur mes lèvres, j'attends qu'il me dise quoi faire, mais il reste muet. Je tente de résister au silence, c'est impossible.

— Je t'en prie, dis-je.

— T'en prie quoi ?

— Je t'en prie, caresse-moi.

Il penche la tête comme pour y réfléchir, puis fait oui.

— Couche-toi sur la chaise longue, dit-il, et lorsque je m'y dirige, il secoue la tête. Non. Tourne-toi sur le ventre. Et garde tes jambes écartées, commande-t-il. Je veux voir combien tu mouilles. Combien tu me désires.

— Beaucoup, admets-je tout en faisant comme il dit.

Je me suis souvent trouvée étendue toute nue déjà, même ici dans cette maison quand il n'y avait que moi et Nikki en train de peaufiner notre bronzage. Mais je n'en ai jamais perçu le côté sexuel. C'était juste moi. Juste ma peau.

Maintenant, même la sensation du soleil sur le bas de mon dos est érotique, et quand Ryan vient à côté de moi et à l'aide de son doigt, trace avec légèreté un sillon, remontant du talon sur mon mollet et ma cuisse, puis passe sur la courbe de mes

fesses jusqu'à mon épaule, je suis sur le point de
mourir de plaisir.

— Attends ici. Ne bouge pas.

Je fais comme il dit, mais je triche un petit peu en
écartant mes jambes encore plus largement. Je veux
qu'il me voie – je veux qu'il me convoite. Encore
mieux, je veux sentir le soleil entre mes jambes.
Chaleur sur chaleur, le feu se mariant au feu.

Il revient vite et sans fournir d'explication, mais
quand il s'assoit près de moi, je vois qu'il a apporté
de l'huile solaire. Il en répand un peu sur mon dos,
et le chatouillis soudain me fait sursauter. Mais cela
passe vite quand ses mains se mettent à me caresser,
des gestes lents chauffant ma peau et saturant l'air
d'une senteur de noix de coco et de vanille.

Il caresse chaque centimètre de ma peau,
massant mes mains – étirant chaque doigt d'un geste
si sensuel que chaque frôlement se répercute dans
mon vagin qui tressaute dans un crescendo
d'insatiable désir.

Il masse mes épaules avec des gestes fermes et
rassurants, puis descend pour caresser ma taille, mes
hanches et même mes fesses. Par contre, il ne va pas
plus loin – ne me touche pas là où je brûle si
désespérément d'être touchée. Il descend encore
plus bas, rendant mes cuisses toutes glissantes, se

concentrant sur mes chevilles, mes talons, la cambrure de mes pieds.

Ma respiration est haletante, superficielle. Je me tortille, l'implorant en silence de faufiler sa main huileuse et lustrée entre mes jambes. Mais il continue, imperturbable, à me torturer sans réagir à mes supplications. Par contre, il se baisse, frôle mon oreille de sa bouche et me dit doucement de me retourner.

Obéissante, je me force à ne pas me cambrer sous l'emprise du plaisir et de l'envie quand il passe tendrement mais fermement l'huile sur mes seins, puis descend sur mon ventre pour caresser doucement mon pubis.

— J'aime bien que tu t'épiles, lâche-t-il. J'aime bien voir ta peau. La voir rougir. Voir ton excitation turgide. Je parie que si je te lèche, tu es toute mouillée. Et maintenant, continue-t-il, sa main huileuse se faufilant entre mes jambes, je parie que tu as un goût de noix de coco.

— Pourquoi tu ne vérifies pas ?

Ma question s'estompe dans un soupir.

— Peut-être le ferai-je, répond-il, se déplaçant vers le bout de la chaise longue, écartant rudement mes jambes et enfonçant sa bouche dans l'entrebâillement, me fourrageant profondément avec sa langue.

Je ne m'attendais pas à ce qu'il passe de ces mouvements lents et paresseux à des gestes brutaux et sauvages, je sursaute, perdue dans une escalade de plaisir de plus en plus fort, de plus en plus déchaîné.

— Oui, fais-je, me frottant contre lui, le voulant profondément en moi, qu'il m'aspire, qu'il me porte au comble de la jouissance. Oui, Hunter, putain, oui.

Mais juste au moment où je vais exploser, il se retire, traçant une douce ligne de baisers le long de ma cuisse.

— Non, protesté-je. Je t'en prie, ne t'arrête pas.

— Petit chat, je ne m'arrête pas. Je veux te posséder dans toutes les positions possibles et imaginables. Maintenant, assieds-toi, réclame-t-il, et quand j'obtempère, il enlève ses vêtements.

Fascinée, je le regarde retirer son boxer qui ne contient que difficilement son érection. Sa bite est longue, grosse, parfaite, par réflexe je passe ma langue sur mes lèvres. Il s'en rend compte et sourcille.

— Intéressant, remarque-t-il. Veux-tu sucer ma queue ?

Mon propre sexe se contracte sous l'emprise du

désir quand j'entends ces simples paroles impudentes.

— Oui, dis-je, imaginant déjà cette sensation que me donnera le contact, le goût de lui.

Imaginant plus encore son corps qui tremble et se raidit, vaincu par le pouvoir que j'ai de le porter au bout du plaisir.

— Bien, dit-il. Mais pour le moment, j'ai prévu autre chose.

Il s'assoit sur l'extrémité de la chaise longue.

— Approche-toi. Maintenant retourne-toi, ordonne-t-il quand je suis en face de lui.

J'obtempère, et du coin de l'œil, je le vois saisir par terre une enveloppe avec un préservatif. Il le met, puis me prend par les hanches et me redresse.

— À genoux sur la chaise longue, fait-il. À genoux sur moi.

Je jette un coup d'œil derrière moi, puis je fais comme il a dit. C'est malcommode de grimper sur la chaise longue et ensuite de me positionner à califourchon sur lui. Mais ses mains tiennent fermement mes hanches, et une fois que je le chevauche, je sens le gland de sa queue battre contre moi, et je me tortille en espérant qu'il va me pénétrer.

— Vas-y, dit Ryan. Prends-moi. Prends-moi tout entier.

Ma main se glisse entre nous et je dirige sa queue dans mon sexe, puis je descends. C'est une sensation inimaginable, je monte et descends, pliant mes genoux, glissant de haut en bas sur sa lance. Il me remplit entièrement, et le plaisir que transmet cette position est encore accentué quand il retire sa main d'une hanche et la déplace pour jouer avec mon clitoris.

Des tremblements me parcourent et j'oscille de plus en plus vite. Mes mains trouvent mes seins, et quand il retire ses doigts de mon clitoris, je m'écrie en protestant, mue par le désir infini de jouir avec lui.

— Tout va bien. Masturbe-toi, dit-il, et avant qu'il ne finisse, je sens son doigt qui me frotte de derrière, caressant mon cul pendant que mon propre doigt joue avec mon clitoris et que sa bite me bourre.

Je suis chamboulée. Je ne suis plus que plaisir, émotion, pur et féroce désir.

— Hunter, crié-je tout en accélérant mes coups de reins, la tension s'accumule dans mon ventre et je sens son tremblement tout au fond de moi. Hunter.

Je hurle son nom, et au même moment, le

monde explose autour de nous quand il déverse sa semence en moi.

Je m'écroule en arrière contre lui et il m'étreint, ses mains recueillant mes seins dans une caresse rassurante.

— C'est génial, petit chat. Mon Dieu, oui, c'était parfait.

Nous restons un petit moment comme ça, puis, toujours l'un contre l'autre, il nous fait nous allonger ensemble. Je halète, me sentant dissolue, comblée, dévergondée. Il couvre mon dos, mes épaules de baisers affectueux et je me dis que pour le moment, je suis au septième ciel.

— Je n'en ai pas encore fini avec toi, murmure-t-il, juste quand je m'apprête à glisser dans les bras de Morphée.

Cela me réveille immédiatement.

— Non ?

— Oh non, dit-il. J'ai plein de projets pour toi. Pour cette foufoune. Pour cette bouche.

Il se retire, à moitié mou maintenant, et se tourne vers moi.

— À condition, bien sûr, que tu en veuilles encore. Je pourrais te fourrer jour et nuit, donc si tu veux t'arrêter, ce sera à toi de me le dire.

— Non, dis-je dans un murmure. Ne t'arrête pas. Je t'en prie. Ne t'arrête jamais.

— Tu dors dans la chambre d'amis ?

J'acquiesce.

— Vas-y alors. Attends-moi.

J'obéis et je trotte toute nue vers la chambre qui est la mienne quand je séjourne dans cette maison. Jamais je ne me suis sentie mal à l'aise dans cette chambre, mais cette fois-ci, oui. Je ne sais plus où me poser ni quoi faire. J'ignore comment il souhaite me trouver. Tout ce que je sais, c'est que je désire lui plaire, car je ne veux pas que tout ça se finisse.

Je me sens plus déchaînée que jamais, et je veux aller plus loin avec lui que je ne l'ai jamais fait avec d'autres hommes. Cela me rend vulnérable, chose à laquelle je ne suis pas habituée.

Mais avec Hunter, cela me plaît.

Je finis par m'allonger sur le lit. Je veux qu'il voie combien j'ai besoin de lui. Combien je suis émoustillée. J'écarte les jambes et je passe ma main sur mon sexe. Les yeux fermés, j'imagine que c'est lui.

— Voilà un bien beau spectacle, l'entends-je dire quand il entre quelques minutes plus tard seulement.

Il est toujours nu, mais maintenant, il porte une

corde enroulée autour de l'épaule. Dans sa main, un seul verre de vin.

Je m'efforce de ne pas fixer la corde – j'essaie de ne pas penser à ce qu'il m'a dit, qu'il allait m'attacher. Pas parce que j'en ai peur, mais parce que ça m'excite.

Il avale une gorgée, puis m'offre le verre. Moi aussi je bois, partager le vin est si merveilleusement complice.

Je soupire, mes yeux sont attirés par la corde. Malgré tout ce que j'ai fait – et j'en ai fait des vertes et des pas mûres – jamais auparavant un mec ne m'avait ligotée. Nikki dirait que c'est parce que d'habitude c'est moi qui les choisis – obtenant mon plaisir tout en me défoulant – ce qui veut dire que c'est moi qui dois rester aux commandes. Reconnaissons-le, elle a probablement raison.

Encore qu'avec Ryan… oui, avec Ryan, l'idée que c'est lui qui tient le gouvernail m'attire. Elle m'attire même beaucoup.

Je mordille mes lèvres, et j'espère ne pas avoir l'air trop famélique.

—Alors, commencé-je.

Il s'illumine d'un sourire lascif et calme et merveilleusement sexy.

— Alors, répète-t-il.

— Vas-tu m'attacher au lit maintenant ?

— Pas vraiment.

Sa réponse, dite avec une sorte de malice sensuelle, déclenche une saccade au creux de mon ventre. Il fait un geste vers le lit.

— À genoux devant moi.

Je jette un coup d'œil sur la corde, puis sur le lit. Puis je fais ce qu'il demande.

— Ce que… je veux dire, es-tu… ?

— Est-ce que je pratique le BDSM ? Suis-je un dominant ? Est-ce que je veux que tu me sois soumise ?

Je cligne des yeux. *Bon. Puisqu'il l'aborde comme ça…*

— Ben, oui. Dis-moi, tu l'es ? Tu le fais ?

Il a un sourire légèrement amusé, affichant une certaine suffisance.

— J'aime être aux commandes, mon chat. J'aime donner du plaisir, et j'aime qu'on m'en donne. J'aime porter une femme au bout de ses capacités de résistance. Et pour ce qui me concerne, tout est admis entre deux adultes consentants. Je me fous des étiquettes. Mais tu as raison, Jamie, je veux te ligoter. Je veux te voir en liens, je veux te posséder. Alors, dis-moi – est-ce que tu le veux aussi ?

Ma bouche est comme du parchemin, mais

quelque part j'arrive à donner la seule réponse possible.

— Oui.

Je crois discerner un éclair de soulagement dans ses yeux, et pour je ne sais quelle raison, cette infime réaction me calme. Il me veut – il veut ça – autant que moi, et une illumination subite me fait réaliser que quels que soient les renoncements auxquels je consens, ils seront pour lui un don réciproque.

Il s'avance, la corde à la main.

— Sais-tu ce qui donne un tel plaisir dans le bondage ?

— La soumission, dis-je, traduisant mes pensées en paroles. S'incliner devant la volonté d'un autre. Se plier entièrement à ses gestes. Avoir totalement confiance en lui. (Je tourne la tête pour le regarder plus directement.) Et pour toi, c'est de savoir une femme à ta merci. Que tu es responsable de son plaisir. De la douleur. Que tu peux la tourmenter, la supplicier. (Je respire avec difficulté.) Ne me tourmente pas, Hunter. Je te veux trop fort.

— Et moi je te veux, déclare-t-il avant de poser ses lèvres sur les miennes et de m'embrasser tendrement.

Il passe derrière moi et entrave mes deux chevilles, moi à genoux, puis me dit de réunir mes mains derrière mon dos, mais aussi sous mon derrière, presque comme si j'étais assise sur elles. Il ligote mes poignets, puis se sert de la corde pour relier entre eux mes chevilles et mes poignets entravés.

Non que je puisse le voir, mais j'arrive à sentir à peu près tout ce qu'il fait, et il me raconte le reste. Ce que j'ignore, c'est ce qu'il me réserve maintenant que je suis troussée comme un poulet. Mais quand il repasse devant moi, je lui dis ce que je désire.

— Toi, dis-je. Je te veux dans ma bouche.

Dans cette position, je suis penchée en avant, et il s'agenouille devant moi. Sa queue est droite et énorme, et je me dis avec convoitise que je peux la prendre entièrement. Il me la faut totalement.

— Est-ce ce que tu désires ? demande-t-il. Pourquoi ?

— Peut-être pour te faire jouir un maximum, rétorqué-je, le désir m'envahissant.

— Tu veux que je sois à ta merci ?

Le sourire perce dans sa voix.

— Oui, dis-je. C'est ça.

— Qui suis-je pour m'opposer à une femme déterminée ?

Il se trouve déjà à genoux devant moi, et maintenant il me saisit par les cheveux. Je suis en équilibre instable, mais je m'avance, titillant son gland avec ma langue, puis je m'enhardis quand je l'entends gémir et prononcer mon nom.

Je l'engloutis, le suce et le lèche, je le goûte et le chatouille, et je sais à la façon dont il tient ma tête, la poussée de ses hanches pour combler ma bouche, que c'était la chose à faire. Il m'a fait jouir encore et encore, maintenant c'est mon tour.

Je suce et je titille, et je me sers de ma langue pour jouer avec son méat. Ses poussées se renforcent, mais je n'ai jamais eu de problèmes à tailler une pipe et je l'accueille tout entier, regrettant de ne pas pouvoir aussi me servir de mes mains. J'aimerais le toucher, j'aimerais le voir. Je veux la confirmation que je lui restitue un peu du plaisir que lui m'a donné.

Et enfin, avec un grognement sourd et un petit cri :

— Non, pas encore.

Il se retire. Je l'entends haleter, et lorsque je tourne la tête pour voir son visage, je lis la volupté dans ses yeux.

Je passe ma langue sur mes lèvres, goûtant sa saveur pendant qu'il répète cette fois plus calmement :

— Pas encore, je vais jouir en toi, dit-il, et mon

corps se crispe en entendant ces paroles. Je déclencherai une véritable explosion en toi. (Il me caresse les cheveux en continuant.) Je suis clean, mais si tu veux, je mets un préservatif.

Je fais non de la tête.

— Non, je t'en prie. Je veux te sentir venir.

Il me gratifie d'un sourire en réponse avant de passer derrière moi, ses mains flattant mon postérieur pendant qu'il trace une ligne de baisers sur mon dos.

— Baisse la tête, dit-il. Je veux te voir le cul en l'air.

J'obéis, et il me caresse, ses mains effleurant les globes de mes fesses.

— As-tu des sex-toys ? demande-t-il.

— Pas beaucoup, réponds-je. De l'huile que j'ai prise quand nous avons acheté une pochette-surprise pour Nikki.

— Où est-elle ?

Je lui montre la table de chevet et il s'en empare. Il s'agit d'une sorte d'huile excitante à la menthe, et il en enduit mon clitoris, puis part d'un petit rire lorsque je me plains d'abord de ne rien sentir – mais que rapidement je me tords sous l'intense picotement. Je mouille à mort, ses doigts titillant mon clitoris m'affolent.

— Maintenant, je vais te baiser, dit-il, et il me pénètre d'une violente secousse.

Il entre profondément, et je gémis de plaisir quand il me remplit tout entière. J'ondule dans la tentative de le prendre encore plus profondément, et il m'attire vers lui, sa main libre se pose sur mes reins. Puis cette main descend, me caresse à l'endroit où nos corps se rencontrent, enduisant ses doigts avant de les glisser vers mon cul.

— Je veux te prendre là aussi, dit-il. L'as-tu déjà fait ?

Je secoue la tête.

— Juste avec des sex-toys, dis-je pendant que l'huile sur mon clitoris et sa main sur mes fesses me rapprochent dangereusement de la déflagration. (Je me sens rougir.) J'ai bien aimé.

— Je m'en souviendrai, dit-il. En ce moment – en ce moment, je pense que je suis déjà trop loin. Doux Jésus, Jamie, ce que tu peux me faire !

Une nouvelle poussée, plus à fond, plus rapide, en même temps qu'il tourmente mon clitoris, mêlé à l'effet de l'huile, me projette dans la stratosphère. Je retiens mon souffle, invoquant l'orgasme, implorant pour que l'ouragan me submerge, affamée d'être comblée.

Et puis avec une dernière poussée, il crie mon

nom et se vide en moi. Sa main serre mon clitoris et la pression renouvelée me fait tourbillonner avec lui, toujours plus rapidement, jusqu'à ce qu'il n'y ait plus d'échappatoire, et il nous fait basculer tous les deux sur le lit.

Mes liens m'immobilisent toujours, serrée en boule, et il est courbé et collé à moi. J'inspire profondément, mon cerveau est réduit en une bouillie informe, mon corps liquéfié.

— Putain, Hunter. Tu m'as démolie.

— Non, dit-il. C'est toi qui m'as réduit en miettes. Quel feu en toi, mon chaton. Et je brûle avec toi.

— Mon chaton, je répété-je d'une voix défaillante. Pourquoi chaton ?

Il glousse.

— Je trouve que ça te va bien. (Il pose un baiser sur mon épaule.) Tu es douce et chaude, et décidément joueuse. Mais il faudra que je fasse gaffe aux griffes.

Je dois étouffer un accès de rire.

— Oui, m'esclaffé-je. Tu devras faire gaffe.

Nous restons ainsi tranquilles un moment, puis il défait les cordes. Je m'étire, ravie de pouvoir bouger, et il attrape la commande à côté du lit et presse la touche de fermeture électrique des rideaux.

Puis il tire la couette sur nous deux et m'étreint.

Nous sommes couchés en chien de fusil, sa poitrine réchauffe mon dos et sa queue encore un peu raide repose contre mes fesses. Il m'entoure de ses bras et me serre fort contre lui.

Je pourrais m'habituer à cela, me dis-je.

Putain, je pourrais m'habituer à lui.

À part le petit somme au bord de la piscine, je n'ai pas dormi depuis pratiquement deux jours, et la fatigue me terrasse. Je ferme les yeux, chaude, comblée et doucement violentée, et je laisse enfin le sommeil m'emporter.

CHAPITRE CINQ

Lorsque j'ouvre paresseusement les yeux, j'ignore combien de temps s'est écoulé. *Très peu*, me dis-je, *nous n'avons même pas bougé*. Mais le suave bien-être qui m'a permis de sombrer dans le sommeil a disparu, remplacé par une sorte de panique glaciale.

Je ne me souviens pas de mes rêves, mais aucun doute que mon subconscient a enfoncé ses griffes manucurées dans mes fesses.

Pour ne pas le réveiller, je soulève délicatement son bras et me coule hors du lit. Il ne bouge pas, et pendant un court moment, je reste assise sur le bord du matelas à le regarder. Même quand il dort, il irradie une force, et il faut bien dire qu'il est vraiment canon, je pourrais rester assise ici toute la journée à m'en gaver.

Grâce à lui, je me sens formidable – sensuelle, sexuelle, exceptionnelle. Mais ce n'est pas qu'une question de sexe. Ryan Hunter a un quelque chose – dans le rapport entre nous – qui me fait sourire. Nous avons des atomes crochus. Ils sont là, toujours, même sans le contact, sans les parties de jambes en l'air.

Il me séduit, me dis-je.

Plus encore, je serais capable de l'aimer.

Cette idée réveille à nouveau le courant sournois de panique qui s'est levé en moi. J'en ai des frissons, des démangeaisons.

La dernière fois que j'en ai pincé pour un mec, il m'a arraché le cœur pour le piétiner. Bryan Raine, un trouduc imbu de lui-même, a été parmi les principaux responsables de l'invention du plan. Un homme qui m'a phagocytée et détruite.

À vrai dire, Bryan Raine ne mérite même pas de lécher les bottes de Ryan, mais tout compte fait, ce n'est pas à cause de Ryan que je panique, mais de moi-même.

J'ai tout gâché.

Peu importe la splendeur de ces quelques heures – peu importe l'exaltation que je lui dois – je me suis horriblement plantée. Comme avec Raine. Comme avec beaucoup d'autres mecs.

Franchement, putain de bordel, je m'étais juste proposé de rentrer chez moi et de mettre de l'ordre dans ma vie. Et puis un type séduisant arrive et me dit qu'il me veut dans son lit, et je commence à panteler comme une chienne en chaleur.

C'est pathétique.

Je me lève, frustrée et furieuse contre moi-même. Mon téléphone se trouve sur la table de chevet et je constate que j'ai reçu un coup de fil que je n'ai pas pris. J'emporte le portable dans la salle de bain et j'y écoute le message qu'on m'a laissé. C'est Georgia Myers, la responsable de programme de la succursale de Dallas de la chaîne de télévision pour laquelle j'avais passé un court essai.

J'écoute et mon cœur se met à battre la chamade quand elle me propose le boulot.

« À ce qu'il paraît, vous n'êtes pas en ville en ce moment, mais je ne désespère pas de vous voir commencer immédiatement. Ce n'est pas très orthodoxe, mais notre directeur des relations publiques a travaillé à Los Angeles autrefois et a encore quelques contacts dans l'industrie cinématographique. Peut-être savez-vous qu'on est en train de tourner le nouveau film de Derrick Johnson à Las Vegas », ajoute-t-elle, parlant du dernier metteur en scène qui est la coqueluche de la ville. « En fait, on nous permettrait d'assister à une partie du tournage. C'est un gros coup pour une station locale, une opportunité que nous ne voudrions pas perdre. »

Elle me prie de la rappeler pour lui dire si je peux accepter ce job, et si oui, si je peux rapidement arriver à Las Vegas. Elle se renseignera pour me dire qui, parmi les membres de l'équipe, est disponible pour une interview et m'enverra le matériel nécessaire à ma préparation par courriel.

Les battements de mon cœur s'accélèrent, et ma panique change de nature. Au rythme de opportunité-vachement-formidable et je-ne-veux-pas-la-foutre-en-l'air.

Je ne le ferai pas, me dis-je. *Je ne peux pas.*

Je suis capable de faire ce boulot. Je passe bien à l'écran. J'ai une conversation aisée. C'est le type de travail dont je rêve. Le type de travail qu'il me faut.

C'est le type de travail avec lequel je peux mettre à l'épreuve mes capacités – celui qui pourrait me permettre de revenir à Los Angeles, une fois tout réglé.

En d'autres mots, le premier point du plan déjà coché sur la liste.

Je me précipite vers la chambre, impatiente de le

dire à Ryan – pour me figer sur place sur la porte. Mais que suis-je en train de faire, bordel ?

Je pourrais m'habituer à ça, m'étais-je dit en sortant du lit tout à l'heure.

Et nom d'un chien, c'était vrai. Je *pourrais* m'y habituer. Il a déjà squatté entièrement ma tête et m'a totalement chamboulée. Déjà, il est la première personne avec laquelle j'ai voulu partager une bonne nouvelle.

Oh putain ! Oh putain ! Me voici dans un sacré foutoir. J'aurais mieux fait de partir. J'aurais dû lui dire non.

Mais je suis une pauvre cloche même pas capable de se tenir à une décision prise. Et qu'un homme peut chambouler au point qu'elle n'est même plus foutue de rester sur le chemin tracé.

Pire, je le laisse prendre le contrôle. Je lui permets de m'approcher. J'ai renoncé à mon bouclier et je me suis lamentablement rendue.

Je lui ai fourni les armes pour me faire mal – et je ne sais que trop bien que tôt ou tard, c'est ce qu'il fera.

Ils le font toujours.

Comment ai-je pu me planter ainsi ? Au début, j'étais bien déterminée à résister à tout et réorganiser ma vie, et j'ai fini par me noyer dans les débris de tous mes choix erronés.

Je jette un coup d'œil à l'homme profondément endormi dans le lit. Je sais ce qui arrivera quand il se réveillera. Il essuiera mes larmes, il me dira que tout ira bien. Il pansera mes blessures avec ses baisers, et avant que j'aie eu le temps de dire ouf, je serai encore sur le dos avec sa queue plantée dans mon ventre, mon job et tous mes projets pratiquement oubliés.

Je me dis que j'ai assez de force pour résister. Que je le lui dirai, et qu'ensuite je m'en irai.

Mais je sais que je me raconte des salades. Je le désire – le contact de ses mains, ses baisers. S'il se réveille, je resterai.

Et je me détesterai – et lui aussi –, pour tout cela.

Je suis paumée, je fais demi-tour et retourne dans la salle de bain. J'étouffe les larmes et je me regarde dans le miroir. *Fais quelque chose*, dis-je à la fille qui se trouve en face de moi. *Règle ça.*

Et donc, je fais la seule chose qui me vient à l'esprit : je détale.

CHAPITRE SIX

Je regrette.

C'est tout ce que j'ai écrit sur le billet que j'ai laissé sur la table de chevet. J'aurais voulu dire d'autres choses, mais je ne sais pas trop bien me servir des mots, et je suis encore moins douée pour l'auto-analyse.

Et je suis certaine qu'il fallait que je parte, *je dois me sortir de ces merdes, et tu me fous une trouille monstrueuse* n'aurait pas été la meilleure approche, même si c'est vrai.

Cela fait deux heures que je roule, et le soleil s'est couché depuis longtemps derrière les montagnes de San Bernardino que je devine dans mon rétro.

Je me suis tirée en silence, je ne porte que le jean et le tee-shirt que j'avais laissés dans la salle de bain et je n'ai emporté que mon sac et mon téléphone. Pour venir en Californie, j'avais évidemment une valise, et ma suite était jonchée des sacs de différentes boutiques. Mais je ne m'en étais pas souciée, puisqu'il n'y avait pas moyen de faire mes bagages sans réveiller Ryan.

Et donc j'ai déguerpi, sachant fort bien que le lendemain, je pourrais téléphoner à Gregory, l'intendant de Damien, pour qu'il ramasse mes affaires et les envoie à mes parents au Texas.

Quant au boulot à Vegas, ma trousse de maquillage était dans mon sac, mais je suppose que j'allais devoir me résigner à acheter de nouvelles frusques. À mes yeux, cela pouvait tenir lieu de thérapie à la petite semaine, et même compte tenu du trou que cela allait faire dans ma carte de crédit, ce serait moins cher qu'une série de rendez-vous chez le psy.

J'avais trouvé la Ferrari là où Damien l'avait laissée pour moi dans son somptueux garage souterrain. Il m'a fallu me concentrer pour sortir de Malibu, car j'ai tendance à me planter sur toutes ces routes en serpentin, mais une fois arrivée sur l'autoroute, j'ai commencé à penser à Ryan. Au fait que je suis partie.

À ce qu'il m'a fait vivre.

À deux reprises, j'ai failli saisir le téléphone, mais j'ai retiré ma main avant d'avoir eu le temps de refermer mes doigts dessus. Quand j'ai tendu la main la troisième fois, je l'ai pris, j'ai éteint ce foutu machin et je l'ai jeté dans la boîte à gants.

Loin des yeux, loin de l'esprit. Sauf que, si c'était efficace contre la tentation de l'appeler, cela n'a pas effacé le tumulte des pensées et des souvenirs et des émotions dans ma tête. Le souvenir de ses lèvres sur les miennes, sa bite dans mon con. L'image de son visage qui me regardait avec une si grande tendresse. Les exhortations que je m'adressais, m'incitant à fuir – à me libérer. La déclaration abrupte de Ryan qu'il aimait ma sauvagerie – mais qu'il ne me permettrait pas de m'en aller.

Pourtant je suis partie – putain, j'ai même fait plus que ça. J'ai carrément détalé.

Et maintenant que je suis sur la route, je m'interroge à nouveau.

Bordel de merde.

J'ai écouté mes propres pensées pendant deux heures et je n'en peux plus. Un coup d'œil dans le rétro me confirme qu'il n'y a que moi sur cette partie de l'autoroute 15, et je sors mon téléphone de la boîte à gants et le rallume.

Je tripote la radio jusqu'à ce que je découvre comment la programmer pour que je puisse me connecter par Bluetooth. Encore quelques réglages et je trouve une des nombreuses playlists que j'ai dans mon téléphone. Un assortiment de rock classique et récent, plus quelques chansons *heavy metal* pour agrémenter le tout d'un grain de pop. Le bruit est assez fort et envahissant pour m'empêcher de penser – c'est exactement ce qu'il me faut.

Vu la densité démographique de Los Angeles, cet angle de la Californie est un authentique choc culturel. J'ai passé Barstow il y a au moins trente minutes et depuis, je n'ai vu qu'une seule autre voiture sur la route. Il n'y a pas longtemps, un panneau a annoncé la ville de Yermo, mais elle est probablement loin de l'autoroute, car quand je suis passée dans la nuit noire, je n'ai rien vu d'autre que le long tunnel étroit creusé par mes propres phares.

C'est franchement un tantinet zarbi.

J'ai fait le voyage de Los Angeles à Las Vegas plus d'une fois, donc je sais plus ou moins où je me trouve et qu'il me reste encore à parcourir à peu près deux heures de néant total avant que les lumières de Las Vegas ne commencent à éclaircir le ciel nocturne. Ce qui veut dire que j'arriverai en ville peu après minuit, ça me convient tout à fait. Il y aura encore plein d'animation, je pourrai prendre un petit-déjeuner quelque part et puis aller roupiller.

Le sexe et ma petite sieste m'ont un peu remise en forme, mais je recommence à flancher. Ce n'est pas facile de résister dans la nuit noire, perdue dans l'abîme du désert du Mojave qui, la nuit, semble sans fin.

La voiture fait de petits soubresauts, serais-je passée sur quelque débris ? Quand ça recommence, je coupe la musique pour pouvoir réfléchir. Je jette un autre coup d'œil dans le rétro, mais je n'y vois que dalle dans l'obscurité.

Je lâche le volant, mais la Ferrari continue tout droit, donc je n'ai pas crevé. Nouveaux soubresauts, puis elle ralentit. J'enfonce la pédale de l'accélérateur, sans succès. Automatiquement, je tourne les yeux vers la jauge d'essence, qui indique encore un demi-plein, donc aucun problème de ce côté. Peut-être un truc électrique ? Ou peut-être…

Merde.

Damien m'avait bien dit au moins un million de fois que la jauge était défectueuse, et ce matin encore, Nikki me l'avait rappelé. Et pourtant, il a suffi d'un mec fantastique pour que ma tête se vide de toute information utile.

Maintenant, je suis bonne pour attendre la dépanneuse qui, évidemment, mettra un temps interminable à arriver.

Je passe sur la bande d'arrêt d'urgence tout en maintenant mon pied sur l'accélérateur, cultivant l'idée absurde que je pourrai peut-être atteindre une station-service, un restauroute, un hôtel cinq étoiles. *N'importe quoi.*

Mais quand la Ferrari pousse son dernier soupir, je jette un coup d'œil aussi loin que vont les phares sans distinguer quoi que ce soit. Je cherche à droite et à gauche, espérant apercevoir la lumière vacillante d'une maison ou d'un commerce.

Rien.

Aucune lumière s'approchant derrière moi non plus, rien devant moi roulant vers l'ouest et la côte.

Merde.

Apparemment, je suis coincée. C'est pas génial, ça ?

J'enclenche le point mort, j'éteins le moteur et j'allume les feux de détresse. J'attrape le téléphone pour chercher le numéro du secours routier, mais dès que je le fais, la communication s'interrompt immédiatement. Je crache un juron, puis je recommence, et ce n'est que lorsque la communication s'interrompt à nouveau que je pense à vérifier la couverture.

Pas de réseau.

Bordel de merde ! Comment est-ce possible qu'il n'y ait pas de réseau ? Nous sommes en Amérique, putain, où tout le monde a un portable, chiens compris, et tous prétendent avoir la possibilité de s'en servir. Et, bon sang, une des premières raisons pour posséder un portable, n'est-ce pas pour qu'on puisse téléphoner quand on est dans la merde ? N'empêche que les Grands et les Puissants ne mettent pas de répétiteurs dans les zones flippantes et abandonnées où des femmes en détresse pourraient avoir besoin de téléphoner pour éviter de devoir attendre dans une Ferrari la prochaine voiture qui passera – avec peut-être au volant un obsédé sexuel psychopathe.

Je pousse un profond soupir, furibonde, et martèle le volant de ma main. J'ouvre la portière dans l'intention de me mettre à marcher.

Et je referme la portière aussi sec, je la verrouille, car vouloir marcher, c'est le comble de l'idiotie, surtout maintenant que je me suis mis en tête l'idée du psychopathe violeur.

D'accord. Très bien. Ce n'est pas un problème.

Bon, si, ça en est un. Mais pas insurmontable.

Je sors à nouveau le portable et fixe l'écran comme si par magie, cela allait faire apparaître un signal.

Mais comme, à vrai dire, je ne suis pas magicienne, rien ne se passe. Donc je clique sur « messages », à toutes fins utiles. Quelque part, j'ai lu que les textos ont besoin d'un signal moins fort, et que d'ailleurs la puissance du signal du répétiteur change tout le temps. Donc si j'envoie un texto, il pourrait tôt ou tard tomber sur un signal et prendre l'envol vers son destinataire.

Manifestement, ce n'est pas pour rien que je suis actrice, et pas ingénieur. Mais je me dis que, quoi qu'il en soit, si ça ne fait pas de bien, ça ne fera pas de mal.

Je clique sur l'application texto et je fixe le portable. Car la première personne à laquelle je pense envoyer un texto est Ryan – mais que diable pourrais-je écrire ?

Excuse-moi de t'avoir laissé en plan. Je t'en prie, viens me sauver.

Quelque part, ça ne me convient pas.

Je pense à Sylvia, la secrétaire de Damien avec laquelle nous sommes devenues amies, Nikki et moi, mais je sais qu'elle se contentera d'envoyer Ryan.

Après tout, c'est lui le Monsieur Sécurité de Stark International. Evelyn Dodge, mon amie et pseudo-agent, serait une solution, mais il se trouve que je sais qu'elle-même et son amant Blaine sont partis à l'heure du déjeuner pour s'offrir un petit interlude à Manhattan.

Je me dis que je déconne. Que Ryan sera furieux, certes, mais qu'il ne m'abandonnera pas dans ma détresse. Je suis la meilleure amie de la nouvelle épouse de son chef, après tout. Donc, même si ce n'est pas lui qui vient, il enverra quelqu'un.

D'ailleurs, il y a de fortes probabilités que le texto ne passe jamais.

Je reste encore pensive quelques instants, puis je me décide pour le texto.

Je regrette d'avoir filé, mais j'ai besoin d'aide. En panne sur la 15 juste après Yermo. Je t'en prie.

Je le relis et je presse la touche « envoi » avant de pouvoir faire machine arrière. Ensuite, je coiffe mes écouteurs, je remets la musique, j'incline le siège en arrière et j'attends.

Au pire, je trouverai de l'aide le matin. La circulation va sans doute reprendre, peut-être même qu'une patrouille de la police routière passera.

Or, il se trouve que je n'ai pas à attendre si longtemps.

Moins de cinq minutes sont passées quand j'entrevois dans le rétroviseur une lueur de phares. Je coupe la musique et j'observe la voiture qui s'approche. Je n'en distingue pas la marque ; la seule chose que je vois, c'est la lueur des phares qui s'approchent, avançant maintenant très lentement.

Elle est encore sur l'autoroute, mais elle s'approche peu à peu de la bande d'arrêt d'urgence à droite. Elle progresse lentement jusqu'à s'arrêter juste derrière moi.

J'attends que les lumières s'éteignent, mais il n'en est rien, et je reste là dans ma Ferrari qui ne peut qu'inciter au vol, à cultiver mes fantasmes d'obsédés sexuels.

Mon cœur bat la chamade, et je me traite de tous les noms pour ne pas avoir pris le cric à côté de moi. Il n'y a rien dans la voiture qui puisse me servir d'arme – à moins que je n'essaie d'estourbir quelqu'un avec mon téléphone portable.

Mon ingénuité m'étonne et je suis furax d'avoir été aussi stupide. J'ai traversé Barstow où toute une série de stations-service bordait la route, et je me suis si fortement efforcée de ne pas penser que je n'ai effectivement pas pensé. Et voilà maintenant que je suis prisonnière dans une voiture avec Ted Bundy, le tueur en série, garé derrière moi.

Je vérifie mon portable une fois de plus, mais toujours aucun signal.

Merde.

Je vois la portière de la voiture s'ouvrir et quelqu'un en sortir. *Un homme*, me dis-je, bien que je distingue peu de choses dans mon rétro.

Je revérifie la fermeture de mes portières et suis un peu soulagée de les trouver verrouillées.

Maintenant, il s'approche de la voiture, la lumière dans son dos, ce qui fait que je ne discerne que son ombre. Je m'efforce de rester calme, me disant que ce n'est probablement qu'un bon Samaritain. Que la majorité des tueurs en série ne vagabondent pas sur les autoroutes.

Je le sais. J'y crois, et pourtant j'ai une trouille bleue. Terrifiée que Ryan reçoive mon texto et rejoigne la Ferrari deux heures plus tard pour me trouver bastonnée, couverte de sang et très, très morte.

Arrête. Arrête immédiatement.

Et puis le voilà – son buste à côté de la fenêtre – et le coup qu'il donne sur la portière, ajouté à l'état lamentable de mes nerfs, me fait pousser un cri strident.

L'homme se penche vers moi, et je lâche un

hoquet dû en partie à la surprise, en partie à la crainte, en partie à l'étonnement.

Car j'ai devant moi un homme qui ne devrait tout simplement pas se trouver là.

Mon regard s'arrête sur Ryan Hunter.

CHAPITRE SEPT

Je me précipite hors de la voiture et commence à tambouriner sa poitrine de mes poings.

— Bordel, Ryan ! Bordel de merde, tu m'as effrayée à mort !

Il m'attire à lui et passe sa main sur mon dos, attendant que je me calme. J'inspire son odeur devenue familière qui me tranquillise, sa force qui me rassérène.

—Tout va bien, petit chat. Tout va bien. Tranquille, Jamie. Tu es en sécurité.

Je me cramponne, respirant profondément jusqu'à ce que la panique soit passée et que j'aie retrouvé mon calme.

Calme et humiliation.

Je recule pour me libérer de ses bras. La nuit est

d'un noir profond, et je ne distingue son visage qu'à la faible lueur venant de l'intérieur de la Ferrari par la portière restée ouverte. J'y lis sa préoccupation. Les traces d'inquiétude s'estompent lentement dans ses yeux maintenant que je me suis ressaisie.

J'aimerais ne pas devoir subir la colère qui suivra sans doute, mais impossible de continuer à faire semblant d'être encore terrorisée pour me soustraire à l'inévitable.

Avec un profond soupir, je lève la tête pour le regarder et je marmonne :

— Pardonne-moi.

Il devrait être fâché. Il devrait être furieux. Mais l'énorme tristesse qui emplit ses yeux m'est insoutenable.

— Hunter, dis-je d'une voix étouffée. Je t'en prie, je voudrais juste...

Il fait signe en direction de la voiture garée derrière la Ferrari.

—Monte, dit-il d'une voix n'admettant pas de refus.

— Mais... (Je passe ma langue sur mes lèvres.) Je ne peux pas retourner en arrière. Il faut que j'aille à Las Vegas.

— Jamie, je t'accompagnerai où tu dois aller, réplique-t-il, et j'entends maintenant la colère qui gronde en lui, menaçante. Monte dans cette putain de bagnole.

Comme il est plus que capable de me soulever pour me propulser à l'intérieur – et comme en ce moment, c'est exactement ce qu'il a l'air de vouloir faire – je m'exécute.

C'est une Mercedes racée et élégante, l'intérieur en cuir dégage cette odeur particulière des voitures neuves. Je boucle ma ceinture, je me déchausse et je remonte mes genoux jusqu'à ma poitrine.

Je le vois se pencher dans la Ferrari et en ressortir avec les clés et mon portable. Il s'approche de la Mercedes, ouvre la portière et prend place sans dire un mot.

Pendant un petit moment, il reste immobile et j'attends qu'il parle. Mais il démarre, passe une vitesse et s'engage sur l'autoroute. Nous laissons la Ferrari derrière nous en quelques secondes et je me retourne dans mon siège pour la voir disparaître au loin.

— On ne peut pas la laisser là.

Il me jette un coup d'œil, et je me jure que s'il continue à se taire, je vais hurler. Coup de chance, il répond :

— Je m'en occuperai. (Quelques mots brefs.

Mesurés.) Je chargerai quelqu'un de l'amener à Las Vegas.

— Très bien, dis-je. C'est parfait.

Il me regarde avec une certaine curiosité, mais ne demande pas pourquoi je tiens à aller à Vegas avant le Texas, donc je décide de ne rien dire. Par contre, je lui pose la question qui me tracasse :

— Comment m'as-tu trouvée ?

— Je suis à la tête du service sécurité de Stark International. Tu ne penses pas sérieusement que je laisserais Damien conduire une voiture qui ne serait pas équipée d'un dispositif de repérage ?

— Oh.

Je lève un sourcil. L'idée ne m'était pas venue. Et même si elle m'était venue, j'aurais supposé que le dispositif aurait été retiré avant que Damien ne me fasse cadeau de la voiture.

— D'accord. (Je passe ma langue sur mes lèvres.) Dans ce cas, *pourquoi* m'as-tu suivie ?

Ses mâchoires se figent et je me prépare à le voir exploser. Mais quand il prend la parole, sa voix est étonnamment douce.

— Tu es partie dans la précipitation, sans rien emporter. Je me suis fait du souci, dit-il en quittant la route des yeux pour se tourner vers moi. Et il se trouve que j'avais raison.

Je fais oui de la tête.

— Merci, dis-je. Je suis vraiment désolée.

Pas de réponse, un silence épais et inconfortable s'installe dans l'habitacle.

J'aimerais faire un geste vers lui. Poser ma main sur la sienne.

Je voudrais le réconforter, mais je sais que c'est quelque chose que je n'ai plus le droit de faire. Je me contente donc de m'incliner en arrière et de fermer les yeux, rendant les armes devant l'épuisement soudain qui me submerge.

Je n'ai pas l'intention de dormir, mais je dois m'être assoupie, car je me réveille en sursaut quand la voiture ralentit et que le bruit des pneus change.

Je cligne des yeux et je distingue devant nous un petit bâtiment bas.

— Où sommes-nous ? demandé-je dans un demi-sommeil.

— Baker, répond-il. On reste ici jusqu'à demain matin.

— Quoi ? Mais je suis attendue à Las Vegas.

— Pas à minuit passé. Et j'aimerais autant que tu y arrives vivante. (Il se gare et coupe le moteur. Puis il se tourne vers moi.) Je suis fatigué, Jamie. J'ai veillé toute la nuit avant le mariage, et ensuite pendant toute la réception. Et je n'ai pas vraiment beaucoup dormi après, ajoute-t-il.

Il me regarde froidement.

— Je suis au bout du rouleau, et toi aussi, j'en suis certain. Donc nous passerons la nuit ici, à dormir.

— Très bien, rétorqué-je, car il n'y a rien d'autre à dire.

Autant que je puisse voir, c'est le seul motel à Baker, et il est tout petit. Il est presque entièrement occupé, ce qui me surprend. Il ne reste qu'une seule chambre avec un grand lit. Quand Ryan me l'annonce, j'opine stoïquement de la tête. Mais je suis préoccupée en mon for intérieur. Je me suis enfuie parce que je pensais que c'était ce qu'il fallait faire – et parce que je suis faible.

Je continue de l'être, et le simple fait de l'avoir à mes côtés me désarme encore plus. Je ne me souviens pas d'avoir été aussi captivée par un homme comme je le suis par Ryan Hunter. Et si au cours de la nuit, il fait un geste, je ne suis absolument pas certaine d'avoir la force de lui résister.

Et je dois bien le reconnaître, même si je suis sûre que rentrer au Texas est la chose à faire, je regrette la manière dont je me suis enfuie. Je regrette encore plus les nuits que je n'ai pas eues avec lui.

Peut-être que le plan ne concerne que le Texas. Et peut-être qu'emporter avec moi le souvenir de Ryan Hunter m'aurait donné des forces.

Et peut-être que j'invente tout ça juste pour avoir une excuse pour coucher avec lui dans ce petit hôtel.

Eh oui. Le mieux serait de ne pas y aller.

La chambre est petite et miteuse avec une odeur de chaussettes sales. Elle contient un lit défoncé et un fauteuil tout usé.

Je m'installe dans le fauteuil.

Ryan reste debout. Il fait les cent pas, et je le connais assez bien pour savoir qu'il rumine quelque chose. Il se demande probablement s'il va m'engueuler ou pas.

Je décide de me lancer. Je lui dois au moins ça.

— Je regrette, lâché-je pour à peu près la millième fois.

Il soupire, puis s'assoit sur le bord du lit et se tourne vers moi.

— Dis-moi juste pourquoi. Car franchement, Jamie, je suis déconcerté. Il me semblait que nous étions bien ensemble. En tout cas, c'était le cas pour moi.

— Pour moi aussi, soufflé-je tout bas, sur un ton sérieux.

— Et je pensais que nous avions trouvé un accord. Je pensais t'avoir fait comprendre clairement que je n'allais pas être un de ces hommes que tu jetais aux orties. J'étais sûr qu'il était clair entre nous que tu n'allais pas tout simplement déguerpir.

— J'ai fait une boulette, me plains-je. (Je respire difficilement et je sens des larmes me picoter les yeux.) Je n'ai pas voulu te faire du mal. Ou t'irriter.

— Tu as réussi à faire les deux, répond-il, et en le regardant en face, je ressens sa vulnérabilité.

J'ouvre la bouche pour lui adresser une fois de plus mes excuses, mais je me tais. Je n'ai que trop souvent déjà prononcé ces mots vides de sens.

— Putain, Jamie. (Il semble à bout de nerfs, et je me retiens pour ne pas tendre la main quand il s'agenouille devant moi et pose ses mains sur mes genoux.) Je te désire, que ce soit clair. Mais si je ne peux pas t'avoir dans mon lit, je te veux quand même dans ma vie.

Mon cœur bat à tout rompre. Il parle d'amitié, pas seulement de baise. De liens entre nous qui vont au-delà des liens physiques. Cela me fout la trouille – mais tout en souhaitant me dérober, je n'arrive pas à éteindre la petite étincelle d'espoir qui danse maintenant en moi.

Il tend la main et me caresse la joue.

—Je tiens à toi, dit-il. Et je pensais…

— Quoi ?

J'ai le souffle coupé.

— Je pensais qu'il en était de même pour toi.

— Ça l'est. C'est juste que… (Je me lève et passe les doigts dans mes cheveux, à la recherche des mots à dire.) Tu me connais. Et je sais que tu as entendu ce qu'on raconte sur moi. Ma vie privée n'est un secret pour personne, et toute cette histoire lamentable avec Bryan Raine a fait la une des magazines people.

Raine est une jeune promesse du cinéma, et notre histoire s'était mal terminée. D'abord parce que lui était un connard égoïste et imbu de sa personne qui avait décidé de me laisser tomber parce que sauter une actrice de renom aurait été plus profitable à sa carrière.

— Je saute d'un lit à l'autre, continué-je, ce qui est un résumé succinct de ma vie d'adulte. Et tout cela m'a gravement bousillée. Bryan a foutu la pagaille dans ma tête. Donc, j'ai couché avec un de mes meilleurs amis, et nous avons réussi à foutre aussi en l'air cette amitié.

Je lui livre toutes mes pensées, sans savoir si j'en

dis trop ou pas assez, si cela le répugne ou bien l'attire.

— Mais avec toi, jamais je ne me suis sentie si... (Je secoue la tête parce que je ne veux pas le dire.) C'était formidable, dis-je, faisant marche arrière. Mais ce n'était pas le bon timing. J'avais déjà décidé de renter. J'avais déjà commencé à mettre le plan en pratique.

— Le plan ?

— C'est ce qui, dans un premier temps, me fait retourner au Texas. Il faut que je mette de l'ordre dans ma vie. J'ai fait un sacré tas de grosses conneries.

— Tout le monde a fait des conneries, mon chat, dit-il. Ce n'est pas en prenant la fuite que tu deviendras plus aguerrie. Cela ne fait qu'augmenter la distance entre toi et le problème.

Je secoue la tête.

— Ce n'est pas une question de distance. Ce n'est même pas la question d'éviter les relations sexuelles. Pas vraiment. Mais baiser m'enlève toute lucidité, alors qu'il faut que je reste forte.

— D'accord, admet-il. Mais s'il ne s'agit pas de distance et pas de sexe, de quoi s'agit-il ?

Voilà une bonne question, à laquelle je n'étais pas certaine d'avoir une réponse.

— C'est que… je pense que je devrais découvrir qui tu es. Qui je suis. Est-ce que cela semble idiot ?

Il fait non de la tête, puis retourne s'asseoir sur le lit face à mon fauteuil.

— Non, déclare-t-il. Pas du tout. Tu crois que tu vas le découvrir au Texas ?

— Ouais, réponds-je. À propos de Las Vegas, continué-je.

Et je lui raconte ma proposition pour le boulot.

— Ça m'a tout l'air d'une excellente opportunité, fait-il remarquer.

— Ç'en est une. Et je pense que je m'en tirerai bien.

— Je le sais bien. (Il se lève, va et vient, puis s'arrête devant moi.) D'accord, dit-il.

Je suis déconcertée.

— D'accord ?

— Je ne vais pas discuter avec toi, et je ne vais certainement pas te forcer. Si tu penses que tu as besoin de réfléchir et de rentrer, je ne te retiendrai pas. (Son expression est chaleureuse mais intense.) Je sais déjà qui tu es, Jamie Archer. Mais je sais aussi que tu dois le découvrir toute seule.

Son portable sonne et il le sort de sa poche, puis me regarde, narquois.

— Tu m'as envoyé un texto pour que je vienne te sauver ?

— Je... oh. Ben oui. Je suis désolée. Je comprends que ça semble un peu bizarre, vu comme je t'ai laissé tomber, mais... (Je m'arrête en haussant les épaules.) Tu étais le premier à qui j'ai pensé pour le texto, puis j'ai essayé de penser à d'autres. Mais je n'ai trouvé personne, alors... en tout cas, peu importe. Tu es venu me sauver avant même que je te l'aie demandé.

Il revient devant moi, puis me tire par les bras pour que je me mette debout.

— Merci, dit-il tout simplement.

Penaude, je secoue la tête.

— De quoi ?

— De savoir que je serai toujours là pour toi, quoi qu'il arrive.

— Ryan...

Ma voix est tendre et déborde d'émotion. Car il a raison. Je le sais, et cette intuition m'enveloppe comme un voile très doux.

Son sourire exprime quelque chose que je voudrais prendre pour de la compréhension. Puis le sourire s'intensifie, et une trace d'amusement ourle ses lèvres.

— Si c'est d'aller au Texas dont tu as besoin, je t'y ferai arriver. D'abord Las Vegas, puis sus à Dallas.

— Je peux conduire moi-même, proposé-je

— C'est possible, répond-il. Mais le souhaites-tu, franchement ? J'offre un service chauffeur d'excellente qualité, ajoute-t-il avec un sourire insolent. Et le tout à un prix très raisonnable.

— Prix, dis-je, amusée. Quel genre de prix ?

— Tu feras une affaire avec moi, dit-il. Et puisque nous allons à Las Vegas, c'est la roulette qui fixera les conditions.

— Je ne vois toujours pas où tu veux en venir, dis-je.

— Alors je vais être plus clair. Un seul tour de roulette. Noir, tu me paies. Rouge, tu te fais sauter.

Je reste bouche bée.

— Mais je viens de te le dire. Mettre de l'ordre dans ma vie. Le sexe. Comment ça me fout en l'air, et...

— Tu as dit que le problème n'était pas de ne plus baiser. Juste que baiser te faisait perdre le nord. Mais moi, je te maintiendrai dans le droit chemin, Jamie. D'abord Las Vegas, puis Dallas, puis je retourne à LA, sans condition.

— Je...

— Nous n'allons pas sortir ensemble, dit-il. Rien de tout ça. Les mêmes conditions qu'avant. (La chaleur qui perce dans sa voix est évidente.) Toi. À ma merci.

Je déglutis. Ma tête me dit que je devrais dire non, mais toutes les autres parties de mon corps tempêtent pour que je dise oui.

Je passe ma langue sur mes lèvres.

— Et le prix ? Si le noir sort, je veux dire.

— J'ai un bon salaire chez Stark International. Mais je vais calculer mon tarif horaire. Nous ferons démarrer le chronomètre en arrivant à Las Vegas.

Je plisse les yeux.

— Combien, précisément ? demandé-je.

Il fait un rapide calcul mental et me donne un chiffre qui menace de me faire tomber dans les pommes.

— Tu es fou ? Je ne peux pas me le permettre.

— Dans ce cas, dit-il avec un sourire narquois, tu as intérêt à ce que le rouge gagne.

CHAPITRE HUIT

Nous avons dormi jusqu'aux alentours de midi, pris un petit-déjeuner fabuleux avec des œufs bien graisseux, du bacon et des biscuits fondant dans la bouche dans le petit bistrot minable du motel, et quand nous sommes arrivés à Las Vegas, il était presque quatre heures.

Même de jour, la ville est pleine d'animation.

Si Manhattan ressemble à votre belle-mère maniérée et Los Angeles à votre frangin hippy, Las Vegas ne saurait être que votre cousin impossible qui ne sait pas ce qu'il fera quand il sera grand.

Tout est clinquant, brillant, plus grand que nature. Paris se frotte à l'Égypte, et toute la ville a quelque chose de Disneyland.

J'ai probablement grandement tort, mais je

l'aime. Surtout le Strip, où tous les meilleurs et les plus grands casinos et hôtels sont alignés comme pour une réception, où tout un chacun peut être accueilli, depuis les milliardaires riches comme Stark jusqu'à ma modeste personne avec mon compte courant presque à sec.

En passant, je regarde les vitrines, bouche ouverte, comme un chiot qui frétille devant toutes ces merveilles. Je ne suis même pas très joueuse, pourtant j'aime Las Vegas. J'ai une certaine familiarité avec cette ville. Toutes les deux, nous avons parfois un petit côté ringard.

Nous passons devant le Caesar's Palace réputé dans le monde entier, et quelques instants plus tard, nous voici devant le magnifique Starfire Resort. Nous contournons une fontaine et je suis envoûtée par les couleurs changeantes des colonnes d'eau qui montent et descendent.

Un porteur se précipite pour ouvrir ma portière tandis qu'un voiturier se charge de la voiture de Ryan.

— On y va ? dit Ryan en prenant mon bras.

— Je ne suis encore jamais descendue ici, dis-je. Je suis plutôt le genre de fille petite pension au bout du Strip.

— Ça te plaira. Et je ne suis pas étonné que les

producteurs logent les acteurs ici. Le Starfire est un des hôtels les plus luxueux du Strip.

Pendant notre voyage vers la ville, j'avais reçu un autre courriel de Georgia. La chaîne avait réservé une chambre pour moi au Starfire et tout organisé pour que j'interviewe Ellison Ward le lendemain matin : c'est un acteur anglais que tout le monde s'arrache maintenant qu'il a gagné un Oscar. Ils ont même fait venir un caméraman par avion pour les prises de vue. Il ne me reste qu'à repasser le dossier, bidouiller les questions suggérées et ne pas me planter.

La première fois que j'ai lu le mail, je me suis étonnée que la station de Dallas soit capable d'organiser un tête-à-tête avec quelqu'un de la stature de Ward. J'ai commencé à comprendre lorsque j'ai lu le matériel de recherche. La mère de Ward, dit-on, a passé quelques années au Texas et a pris en sympathie The Metroplex, sympathie qu'elle a transmise à son fils.

Il faut reconnaître que pour la station et pour moi-même, c'est un gros coup. L'interview passera sans aucun doute sur le réseau national, et moi avec, ce qui me facilitera l'occasion de revenir un jour à LA.

Évidemment, tout cela fait que l'élément *ne pas*

me planter de l'équation n'en prend que plus de poids.

Une jeune femme énergique en jupe crayon portant une blouse de couturier vient vers nous quand nous entrons dans le somptueux foyer décoré en un style qui me semble Art déco.

— Monsieur Hunter, Mademoiselle Archer. Tout est prêt pour vous. Voulez-vous me suivre ?

— Avec plaisir, dit Ryan. Mais d'abord, nous devons faire un saut au casino. La chambre est-elle prête ?

La jeune femme opine de la tête.

— Certainement. Je vous souhaite un bon séjour, et n'hésitez pas à sonner si vous avez besoin de quoi que ce soit.

Je regarde Ryan furtivement, un peu perplexe.

— Un personnel très efficace.

— Très, répond-il alors qu'elle se dirige vers la réception.

— L'heure de la roulette est venue ? demandé-je, et ce seul mot me donne des frissons dans tout le corps.

Il passe ses doigts sur mon bras.

— La roulette, confirme-t-il.

On arrive au casino par le foyer, et nous percevons le bruit et l'effervescence quand nous descendons les escaliers vers la large entrée remplie de machines à sous. On dirait un autre monde. Du bruit, des lumières. Le papotage des clients, les appels du personnel. Et en arrière-fond, le cliquetis des pièces de monnaie.

— Par ici, me guide-t-il le long d'un parcours carrelé traversant les tapis sur lesquels sont posées les tables portant les machines à sous, les tables de black jack et d'autres jeux de cartes, de dés, etc. Plus loin, nous tombons sur les tables de roulette, et le temps d'y arriver, je me sens comme si j'avais un millier de kilomètres dans les pieds.

— Choisis une table, me dit-il, et puisque pour moi elles sont toutes pareilles, je choisis la plus proche.

Il sort une fiche de cinquante dollars de sa poche, ce qui me semble un peu étrange, du moment que je ne l'avais pas vu en acheter. Mais je n'ai pas le temps de réaliser qu'il pose la fiche dans ma main et m'invite à miser.

Je pose immédiatement la fiche sur le rouge.

Cela fait rire Ryan, qui attire ma main et embrasse les pointes de mes doigts d'un geste léger et aussi sensuel que le battement d'ailes d'un papillon.

— Qu'est-ce qu'il y a de drôle ? m'enquiers-je.

— Tu te trahis, petit chat, riposte-t-il avec un geste de la tête vers la table où j'ai posé ma fiche. Tu sais ce que le rouge veut dire.

— Je le sais, réponds-je, puis, me sentant pleine d'audace, et parce que j'en ai vraiment envie, je le rejoins et sur la pointe des pieds, je lui chuchote à l'oreille : cela veut dire que je suis à ta merci.

Puis, lentement – très lentement – je passe ma langue sur le bord de son oreille.

Je m'accroche à lui en faisant ce geste, une main sur son épaule, l'autre dans son dos. Je sens son corps se raidir sous mon contact. J'entends le grognement sourd qu'il essaie d'étouffer et, mais oui, je souris.

— Vilaine, murmure-t-il quand je me baisse.

Mais je ne fais qu'observer innocemment la table et la roue qui a commencé à tourner.

Je retiens mon souffle en voyant la boule qui sautille et puis – mais oui – elle s'arrête sur le rouge. Un coup d'œil me confirme que Ryan m'observe. Je lui adresse un sourire triomphant.

— Il fallait bien que ce soit le rouge qui gagne, le taquiné-je. J'aurais été incapable de trouver l'argent pour te payer.

Il rit.

— C'est de bonne guerre, mon chat. Mais je te

promets que je veillerai à ce que ce rouge en vaille sérieusement la peine. Pour tous les deux. (Il fait un geste vers la table pendant que le croupier nous paie.) Envie de rester au casino et de jouer encore un peu ? Je sens que j'ai de la chance.

— Moi aussi, je me sens chanceuse, dis-je. Et je ne désire absolument pas rester.

Il émet un bruit qui d'après moi exprime sa satisfaction et empoche nos gains. Il me prend par le bras et ensemble, nous quittons le casino. Je suis totalement perdue, mais je suis sûre que nous nous éloignons du foyer. Cette impression est confirmée quand je constate que nous parcourons une vaste galerie marchande bien illuminée. Au plafond, se trouve une fresque du ciel qui se courbe sur l'espace au-dessus de nos têtes, le soleil se lève d'un côté et se couche de l'autre, entre les deux, le jour et la nuit.

Nous nous trouvons sous un ciel nocturne qui se déploie au-dessus de nos têtes, et des milliers de petites ampoules électriques nous font des clins d'œil. C'est tarte, mais en même temps romantique, et quand Ryan me prend par la main pour traverser le centre commercial, il m'est impossible de réprimer un soupir de satisfaction.

En ce moment au moins, tout est pour le mieux dans mon monde.

Comme la plupart des commerces dans la partie la plus coûteuse du Strip, ceux de cette galerie sont du haut de gamme, avec des produits design et des prix costauds. À côté de ces objets extravagants, certains autres sont soldés, et dans l'ensemble on y trouve donc de quoi satisfaire les joueurs chanceux aussi bien que d'autres, moins gâtés.

Nous passons devant une vitrine qui déborde de diamants et d'émeraudes dont les prix affichés indiquent clairement que ce magasin n'est pas pour les joueurs occasionnels ou ceux qui ont gagné deux sous. C'est ici que le gratin de la clientèle fait ses courses.

Ryan me prend par la main et nous entrons.

— Ce serait très joli sur ton poignet, dit-il en indiquant un bracelet de diamants en platine, plus cher que mon appart.

— Tu as perdu la tête ? m'exclamé-je.

Il me décoche un large sourire.

— C'est pas ton style ?

— Non, reconnais-je, car mes goûts sont plus branchés.

Il me jette un regard critique, de la tête aux pieds.

— Non, murmure-t-il, tu as raison. Il te faut quelque chose de plus...

Sa voix s'éteint et il longe le présentoir en verre. Un employé passe, pensant avoir découvert un bon client, mais il l'éloigne d'un geste de la main.

— Comme ceci, fait-il en indiquant un joli cercle en argent martelé. C'est un collier tour de cou travaillé de façon à refléter la lumière sous différents angles. Il se ferme par un gond avec une aiguille qui passe dans un cylindre correspondant qui le maintient en place. Au centre se trouve une unique boucle à laquelle on pourrait accrocher une breloque.

— C'est ravissant, dis-je

— C'est pratique, déclare-t-il.

Je lève un sourcil.

— La boucle, dit-il. Facile d'y accrocher une laisse.

Oh. Je déglutis.

— C'est comme un collier d'esclave, dis-je en passant ma langue sur mes lèvres. C'est pour ça que tu penses qu'il me convient ? ajouté-je sur un ton de défi. Parce qu'en ce moment, je t'appartiens ?

Il me regarde droit dans les yeux.

— Oui.

C'est un mot simple et direct et si lourd de sens que j'en tremble. J'évoque la façon dont il m'a ligotée là-bas à Malibu. Le plaisir de me soumettre à sa clémence.

Je m'en souviens, et j'en mouille.

Faisant demi-tour, je quitte le magasin pour retrouver le foyer, le souffle court.

Il me suit, et quand nos regards se croisent, je constate que je n'arrive pas à interpréter son expression.

— Es-tu sortie parce que cette idée te dérange ?

Je pourrais mentir. Ce serait si facile de dire juste ces mots et de m'en aller.

Mais je ne veux pas les dire. Je veux qu'entre nous, tout soit vrai. Je veux voir vers où nous allons.

— Non, dis-je. Je suis partie parce que j'en avais envie.

Il ne change pas d'expression. Seule la légère crispation de sa mâchoire me dit qu'il a perçu ma réponse.

— Très bien, dit-il, puis il continue le long du vaste couloir flanqué de boutiques.

Je le suis, un peu tendue. Je ne suis pas certaine qu'il ait compris le sens de cet aveu. Ou si oui, ce que cela signifie pour moi.

Autant que je m'en souvienne, ce sujet n'a plus été évoqué.

— Alors, que cherchons-nous ? demandé-je après cinq minutes de silence.

— Quelque chose pour toi, évidemment. (Il indique le jean et le tee-shirt que je porte maintenant depuis deux jours.) Tu ne peux pas garder ça sur toi indéfiniment.

Ce mec n'a pas tort.

— Il te faudra au moins quelque chose pour le dîner de ce soir. dit-il. Et aussi pour l'interview de demain. Tiens, ajoute-t-il en s'arrêtant devant une boutique où chaque vêtement dans la vitrine coûte probablement plus que le maximum que je peux tirer sur ma carte de crédit.

— Je ne peux pas me permettre ce genre de trucs, l'avertis-je à voix basse alors que nous entrons.

Il me jette un coup d'œil amusé.

— Moi, je peux.

La boutique comporte différents rayons, et la première chose que je vois en entrant est une gondole de lingerie. Il y pêche un petit string. Il le contemple, puis me regarde. Je m'efforce de ne pas broncher, mais l'idée qu'il choisisse mes petites culottes est trop amusante.

— Pourquoi s'en soucier ? articulé-je enfin. Je ne ferais que le retirer.

— Je l'espère bien, répond-il, aussi amusé que moi sans doute. Mais ça fait partie du jeu.

J'avale ma salive, il a décidément trouvé le mot juste.

Il lève un doigt pour appeler une vendeuse qui arrive en courant. Il lui passe le string, plus quelques autres aux couleurs assorties et lui demande une tenue de travail pour moi, et une robe de soirée. Elle se met en quatre pour nous satisfaire tous deux en nous accompagnant vers le fond où sont pendus, bien rangés, les vêtements couture.

Nous nous occupons d'abord de ma tenue pour l'interview ; Ryan s'affale sur un divan bas en cuir noir et j'entre dans la cabine d'essayage. J'enfile trois ensembles différents et finis par opter pour un tailleur noir classique et un haut en soie blanche. C'est plus orthodoxe que ce que je porte d'habitude, mais quand j'y ajoute des escarpins noirs à talons hauts, cela me donne incontestablement un look vachement sexy.

— Tu vas les faire tomber raides morts.

— Pas Ellison Ward, j'espère, rétorqué-je. Là je ferais la une, mais je préférerais plutôt avoir l'interview dans mon portfolio.

Il m'embrasse en riant et fait à nouveau signe à la

vendeuse, lui disant que nous sommes prêts à passer aux tenues de soirée.

Bien que tout ce qu'elle nous propose soit splendide, une seule robe m'emballe sérieusement. Elle est faite sur le modèle de celle que Marilyn Monroe portait dans *Sept ans de réflexion*, celle avec sa large jupe qui se soulève quand elle s'arrête sur la grille d'aération du métro. J'adore son drapé, même vu comme ça sur le cintre, et sa coupe dos nu subtile et énigmatique. J'aime surtout la jupe style patineuse flirteuse.

J'espère qu'elle sera aussi belle sur moi que sur le cintre.

— Essaie-la, dit Ryan, mais cette fois-ci, il me suit dans la cabine. (La vendeuse ouvre grand les yeux, mais Ryan se contente de sourire.) J'entre avec la dame.

— Oh. Bien sûr.

Elle se retire, mais non sans avoir jeté un rapide coup d'œil à Ryan. Puis son regard se tourne vers moi. J'ai la nette impression qu'en ce moment, elle serait ravie d'être à ma place.

Je résiste à la tentation d'exulter et j'entre dans la cabine, la peau me démange et mon pouls bat à toute vitesse.

— Que veux-tu précisément ? demandé-je alors qu'il verrouille la porte derrière lui.

— Te regarder.

Il prend place sur le sofa confortable qui occupe un angle de la cabine.

Comme nous sommes dans une boutique de luxe, la cabine a une dimension confortable et les portes descendent jusqu'au sol, préservant notre intimité. Je me place devant le triple miroir et j'enlève mon tee-shirt et mon jean tout en observant le reflet du visage de Ryan. Il ne s'efforce nullement de cacher la flamme, le désir, et je me mordille la lèvre inférieure en espérant qu'il me touche.

Mais il n'en fait rien, donc je continue vaillamment. Comme c'est une robe dos nu, je détache mon soutien-gorge et le fais choir par terre. Mes yeux rencontrent ceux de Ryan dans la glace, et je passe ma main sur mes seins, mes tétons durs comme des perles, et je glisse mes doigts vers ma toute petite culotte. Je la garde, bien que je sois tentée de me foutre entièrement à poil.

Mais ce n'est pas moi qui commande. Le jeu prévoit que je sois à la merci de Ryan, et pas le contraire, et bien que je sois frustrée qu'il ne m'ait toujours pas touchée, je trouve un plaisir indéniable à ce badinage – et à cette attente croissante si forte que j'en ai la chair de poule et que je sens le moindre souffle sur ma peau.

Je retire la robe du cintre et l'enfile. Elle me va comme un gant et provoque sur ma peau une sensation fantastique. Je passe mes mains sur le doux tissu de la jupe et pousse un petit cri en découvrant une poche secrète.

Je tournoie sur place pour la montrer à Ryan, puis je retourne la poche.

— J'adore ! m'extasié-je. La robe et la poche. C'est très rétro. Comme ça, une femme peut sortir le soir sans sac à main. Pour une carte de crédit, une clé, peut-être même un petit rouge à lèvres, ça suffit.

— C'est moi qui porterai ce dont tu as besoin ce soir, dit-il. Et les poches m'intéressent moins que toi. Jamie, tu es d'une beauté renversante.

Je me tourne vers la glace et je ne peux qu'approuver. Le bronzage de cet été fait que le blanc de la robe vibre presque et sa coupe me flatte, elle met en valeur toutes mes courbes, juste ce qu'il faut.

En ce moment, mes cheveux sont noués en une queue de cheval désordonnée, mais je les vois déjà remontés sur ma tête. Je me maquillerai peu, juste du mascara et du rouge à lèvres rouge vif.

Ouais, pensé-je, *je veux cette robe. Je veux marcher au bras de Ryan dans cette robe.*

— Je l'adore, lui dis-je.

Il se lève et se met debout derrière moi. Je m'attends à sentir ses mains sur moi, mais il n'en fait rien. Pourtant, il est si près que je sens la braise qui couve en lui, sa présence, et je m'y réfugie, m'enivrant de son essence. Je me sens en sécurité. Et, oui, je me sens aimée.

Quand je rencontre ses yeux dans le miroir, j'ai un sourire hésitant, un peu timide. Et même comme ça, c'est un moment parfait.

— Merci, soufflé-je.

— Pour la robe ?

— Pour tout.

CHAPITRE NEUF

RYAN PORTE LE sac avec mes vêtements neufs pendant que nous nous dirigeons à travers le foyer vers les ascenseurs de l'hôtel.

— Rappelle-moi de me faire photographier dans cette robe, lui dis-je. Je vais l'envoyer par e-mail à ma mère. Elle l'adorerait. Même si mon père l'aimerait encore plus. Sur elle, ajouté-je, lui lançant un regard en biais. Il adore lui offrir de belles toilettes et la sortir.

— Depuis combien de temps sont-ils mariés ?

— Presque trente ans. Je suis enfant unique, rien d'étonnant à cela.

Je l'ai dit sans réfléchir et je m'en repens tout de suite.

— Comment cela se fait-il ?

Je hausse les épaules. Je ne voudrais pas vraiment continuer sur le sujet, mais en même temps j'ai plaisir à parler avec Ryan. Il y a tant de choses qu'il comprend, même sans que je les dise. Et, certes, j'adore mes parents, mais je sais aussi qu'ils sont constamment présents derrière tout ce que je fais.

Nikki l'a compris, mais par rapport à sa vie, la mienne est un lit de roses.

Je pousse un profond soupir devant l'ascenseur, puis me secoue légèrement.

— Dit comme ça, ça semble débile, mais ils s'aiment à tel point que parfois cela me fait peur.

— Je ne te comprends pas.

— Je t'avais dit que cela semblait débile.

Je tente de lui faire comprendre comment c'était de grandir en leur compagnie. «

— J'étais comme une intruse à un rendez-vous d'amoureux, dis-je. Ils m'aimaient, je ne dis pas le contraire, mais nous n'avons jamais eu l'impression d'être une famille unie. C'était toujours eux. Ou peut-être eux plus moi. Jamais ça n'a été nous. (Je hausse encore une épaule.) Comme j'ai dit, cela semble stupide et mesquin.

— Non, dit-il gentiment. Pas vraiment. Nos parents sont notre première incarnation de l'amour, ils sont le premier objet de notre amour. On les aime entièrement, sans conditions, et on s'attend à ce que ce soit réciproque. Et quand ça ne se produit pas, ça se répercute sur tout le reste.

Je le regarde bouche bée, ébranlée qu'il comprenne si rapidement ce que j'ai mis une vie à me faire entrer dans la tête. Et puisqu'il comprend, je lui raconte le reste.

— Tu vois, ma mère aurait voulu faire des études de droit. Et mon père aimait peindre. Mais aucun des deux ne le fait plus. Mon père ne voulait pas que ma mère soit si longtemps absente, donc elle n'a jamais fini ses études. Et maman se fout de la peinture, donc il a cessé de peindre. Ils sont toujours follement heureux ensemble, mais ils ont perdu quelque chose. Une partie d'eux-mêmes, je dirais.

Je ne continue pas. Je ne dis pas que cela m'angoisse et que j'ai peur que ce soit ce qui arrive lorsqu'on trouve la seule et unique personne qu'on aime dans le monde entier – elle t'attire dans une bulle. Une bulle de bonheur, mais moins vibrante et moins multicolore que le monde dans lequel on avait espéré vivre.

D'un point de vue intellectuel, je sais que c'est faux. Bon sang, rien qu'à regarder Nikki et Damien – elle réalise son rêve encore mieux maintenant parce que Damien l'a encouragée – mais un seul exemple d'une seule amie ne suffit pas pour calmer mes craintes.

Je garde tout ça pour moi, mais quand nous montons dans l'ascenseur qui est arrivé, Ryan m'observe avec une telle tendresse que je ne puis m'empêcher de penser qu'il comprend.

— Peu importe l'amour que nous leur portons, nous grandissons tous entourés des problèmes de nos parents. Soit on s'y noie et on étouffe, soit on s'en sert pour se nourrir et grandir.

Je le fixe un moment, puis je me mets à rire.

— Tu as raison, dis-je. C'est probablement la chose la plus profonde – et la plus dégoûtante – que j'ai entendue depuis longtemps. (Je ris encore, puis me colle à lui quand il m'étreint.) Merci, susurré-je, poussant un soupir lorsqu'il penche la tête et embrasse légèrement mes cheveux.

L'ascenseur s'ouvre au quarante-septième étage, trois étages seulement avant le dernier. À ce que je peux voir, cet étage ne compte que trois portes, et j'hésite un peu quand il s'arrête devant l'une d'elles qui porte une plaque dorée avec *ES-2* écrit dessus.

Il sort une carte électronique de son portefeuille, ouvre la porte et s'écarte pour me faire entrer dans ce qui est un véritable paradis.

La chambre a un énorme salon avec un bar et un luxueux piano. Mais les meubles ne sont rien, comparés à la vue – toute une paroi formée par une baie vitrée ouvrant sur Las Vegas, et si je tourne la tête pour ne rien rater, mes yeux embrassent le Stratosphere jusqu'au Luxor et au-delà.

Le soleil commence à plonger vers l'horizon et la lumière a pris maintenant une nuance orangée, comme pour peindre la ville. Un paysage fabuleux, vibrant et, pleine d'étonnement, je me tourne vers Ryan.

— Ce n'est pas la chambre qu'on a retenue pour moi, non ?

— Non.

— Nous sommes dans un hôtel Stark International.

Ce n'est pas une question, mais il répond quand même.

— Oui.

Je me remémore ce qui s'est passé depuis notre arrivée. L'accueil que cette femme lui a réservé. La fiche du casino dans sa poche. Le fait que nous n'avions pas besoin de nous enregistrer pour avoir la clé. J'aurais vraiment dû comprendre plus tôt.

— Tu vis ici ?

Il rit.

— Non, je vis à LA, pas loin de chez Damien, mais ma maison est bien plus petite. Par contre, je passe tous les ans environ quatre semaines ici pour repasser les procédures avec le personnel et vérifier tous les systèmes et interventions d'alarme. Celle-ci est une des suites réservées aux cadres supérieurs. Elle est à la disposition de tous.

— Et tu as toujours des fiches du casino dans ta poche ?

— Non, mais d'habitude, j'en garde quelques-unes dans la voiture. Une fois arrivés, je les ai prises.

— Oh. (Là, je comprends.) Et ici, tu as une armoire ou quelque chose du genre, c'est pour ça qu'il fallait des vêtements pour moi seulement.

— Ou quelque chose du genre, confirme-t-il. Je laisse une valise sur place. Entre-temps, le service de chambre devrait l'avoir vidée et avoir repassé mes affaires.

Je hausse un sourcil.

— Ça a l'air pas mal.

— Fais-moi confiance, ce n'est effectivement pas mal.

— Et comment as-tu fait pour décrocher un boulot aussi peinard ? continué-je en faisant le tour de la chambre. J'entends, être à la tête d'une section entière de l'entreprise de Damien – je connais le mec, c'est un job en or.

— C'est vrai, répond Ryan. Mais je fais exceptionnellement bien ce que je fais.

Je sors une bouteille de vin du frigo derrière le bar. Le tire-bouchon est posé à côté, et je contemple Ryan pendant qu'il ouvre la bouteille.

— Je te crois. Comment en es-tu arrivé là ?

Il s'assoit sans jamais détourner son regard de moi.

— Dans ma famille, on a tendance à travailler pour la loi. Mon arrière-grand-père travaillait pour Scotland Yard, mon grand-père pour le MI6.

— Ouaouh. Et ton père ?

— Il a été la déception de la famille quand il est allé vivre à Boston. Il est devenu flic. Et a épousé une secrétaire du bureau du procureur.

Je me mets à rire en m'approchant de lui, un verre de vin dans chaque main.

— C'est vraiment de famille.

— C'est bien pour cela que moi, j'ai été une si grosse désillusion. (Il prend le vin, et je m'affale sur la table devant lui. Il boit une gorgée et sourit.) Je pourrais m'habituer à ça.

— À quoi ?

— Toi qui me sers.

Je sourcille.

— Je suis sous tes ordres – au moins pendant quelques jours encore.

Je le provoque en passant ma langue sur mes lèvres et regarde très ostensiblement sa braguette. Et puis, parce que je me sens audacieuse, je me penche en avant et pose ma main sur son érection. Il bande déjà, et cette constatation réveille la femme en moi.

— Quand tu veux, n'importe quand, murmuré-je. Tu n'as qu'à me dire comment tu me veux à ton service.

Ses traits se tendent quand il cherche à se contrôler.

— Pour le moment, ça ira comme ça, dit-il. (Il fait un geste vers le plancher.) Rapproche-toi.

C'est ce que je fais, à genoux devant lui, et je continue sur ma lancée, caressant sa bite pendant qu'il me raconte son histoire.

— Je ne voulais pas devenir flic, dit-il. Putain, Jamie, tu sais ce que tu me fais ?

— Je peux l'imaginer, admets-je. Continue.

— Mais quand mon père a été tué en service, c'est ce que tout le monde attendait de moi.

Ma main s'arrête.

— Je regrette pour toi.

— Merci – j'étais jeune. (Il pose sa main sur la mienne.) Ne t'arrête pas.

Je penche la tête en arrière et j'accroche son regard, et subitement je pense que je vais m'y perdre. Mais il continue, me racontant comment sa famille a surmonté cette épreuve – lui, sa sœur, sa mère.

— Mais je n'envisageais toujours pas de porter un uniforme, une plaque. J'ai envisagé le service militaire, mais ce n'était pas mon truc. J'ai fait beaucoup d'exercice. Les arts martiaux, la boxe, les armes. Mais je n'avais pas l'étoffe d'un bon militaire. Ni celle pour faire partie les services secrets. Trop de hiérarchie, et moi j'aime bien être mon propre patron.

— Et qu'as-tu fait ?

Je continue à le caresser, mais légèrement. Je veux l'exciter, pas l'épuiser. Je veux entendre son histoire.

— J'ai fondé une entreprise privée de sécurité. Du haut de gamme. Très exclusive. Très internationale. Les relations de ma famille m'ont été utiles. La boîte a bien marché et j'ai décidé de la faire coter en bourse. Rien de tel n'avait jamais été fait auparavant, donc j'ai attiré l'attention de Damien. Il m'a contacté et, en peu de mots, il a fini par acheter la firme. Depuis, nous sommes devenus amis et j'ai grimpé les échelons dans sa propre société.

Je lève un sourcil.

— Donc la firme que tu as fondée n'existe plus ?

— Non. Maintenant, c'est une filiale Stark. Je l'ai dirigée pendant cinq ans avant de me trouver à mon poste actuel. J'en avais assez de faire le tour du monde et je voulais pouvoir me poser quelque part. J'ai trente ans. Je commençais à aspirer à une vie à moi. À une famille.

Passant ma langue sur mes lèvres, j'essaie de refouler une boule de jalousie qui bloque ma gorge.

— Une famille, répété-je en retirant ma main de sa bite, m'écartant en arrière. As-tu voulu rester à LA à cause d'une femme ?

— Non, dit-il, et il me caresse la joue avec tendresse. Pas à ce moment-là.

J'essaie de rester indifférente, de ne pas trop fantasmer sur ces quelques mots. Mais je m'interroge quand même.

Son sourire se fait espiègle.

— En fait, il y a une femme, et elle a beaucoup influencé ma décision.

Je plisse les yeux.

— Oh ?

— Ma sœur est à l'UCLA. J'aime bien être

disponible pour la voir de temps en temps, lui donner un coup de main. Et la gâter outrageusement.

Je pense à ma robe. À tout.

— J'imagine que tu fais ça fort bien.

— Ça la rend follement heureuse, admet-il joyeusement.

— Comment s'appelle-t-elle ?

— Moira, répond-il. Papa est mort quand elle avait huit ans, donc je l'ai un peu remplacé. Elle est formidable, ajoute-t-il pendant que j'observe son visage et que je découvre ce nouvel aspect de l'homme qui m'a déjà conquise.

Il pose sa main sur la mienne.

— Autant que j'apprécie le contact de ta main, dit-il, je pense qu'il est temps de bouger.

— Oh ?

Sous son jean, sa queue est raide et j'espère qu'il entend faire un excellent usage de cette belle érection.

— J'ai réservé une table pour le dîner. Tu vas te changer.

— D'accord, dis-je en me levant et en espérant que ma déception ne soit pas trop visible.

Je commence à m'éloigner, mais sa voix me bloque.

— Attends, dit-il. Commençons par le commencement.

Je me retourne en percevant dans sa voix quelque chose qui éveille ma méfiance.

— Tu es partie, dit-il. Tu es même partie en courant.

Je passe ma langue sur mes lèvres.

— Je croyais qu'on en avait fini avec ça. Notre nouvel accord. La roulette. Le rouge qui est sorti.

— Et notre accord me convient parfaitement jusque-là, dit-il.

Ce qui est un peu déroutant, étant donné qu'il ne m'a toujours pas touchée. Pas vraiment. Je suppose donc que tout cela fait partie des préliminaires.

Mais ce dont il parle maintenant... je secoue la tête, hésitante.

— Que veux-tu ?

— C'était vilain, ce que tu as fait, Jamie. Nous le savons tous les deux.

— C'est possible, dis-je, toujours méfiante.

— À poil !

Je cligne des yeux.

—Pardon ?

Il s'incline en arrière, ses bras reposant sur le bord du divan. Je le vois détendu, fort et incontestablement aux commandes.

— À poil, j'ai dit.

— Pourquoi ?

Sa bouche s'incurve en un sourire lent et séducteur.

— Pourquoi, à ton avis ?

Ma bouche est comme du parchemin et mes genoux ne me portent plus. Quoi qu'il ait prévu, je sais que je le veux – pourtant je suis agitée.

— Je pense que tu vas me sauter, dis-je sans réussir à dissimuler une note d'espoir dans ma voix.

— Non, dit-il fermement. Je vais te punir.

— Hunter...

Il sourit.

— C'est ça. J'aime ça. Tu m'appelles Hunter, le chasseur, quand tu sais ce qui t'attend.

— Ryan, dis-je plus fermement, le faisant rire.

— Inutile, petit chat. Chut maintenant. Chut, et déshabille-toi. Crois-moi, Jamie, tu n'as pas intérêt à me contrarier.

C'est exactement ce que je serais tentée de faire pour voir jusqu'où il pourrait aller. Mais je veux aussi ce que je sais qu'il me réserve. Ses mains, sa queue, son corps.

Seulement, je n'aurai rien de tout ça tant que je ne serai pas à poil, qu'il ne m'aura pas punie.

Je me rappelle ce qu'il a dit la première nuit à

Malibu – il avait parlé de me donner une fessée. Je me souviens aussi de combien j'ai mouillé à cette seule idée.

Et je mouille encore.

— Vas-tu me donner la fessée ?

— Silence, dit-il encore. Sinon, je dînerai seul ce soir. J'attends, insiste-t-il. Je veux te regarder faire un strip-tease pour moi.

Je me tais, mais je recule de quelques pas pour me placer devant lui. Lentement, je me libère de mes affaires, une à la fois, jusqu'à me trouver nue devant lui. Je vois le désir dans ses yeux et je sais qu'il attend ça avec impatience.

Et oui, moi aussi.

Je lui décoche un sourire aguicheur, puis je passe ma main sur mon sexe simplement parce que moi aussi, je veux le punir un peu.

— Je suis bien mouillée, dis-je, puis je porte ma main à ma bouche.

— Bon sang, Jamie, fait-il, et vu que j'ai toute son attention, je décide d'aller encore plus loin pour voir à quel point j'arrive à lui faire perdre la tête.

Je m'approche, je me penche sur ses genoux, lui présentant mes fesses nues.

— Donne-moi une fessée, dis-je. Tu sais bien que c'est ce que tu veux.

Mon pubis est pressé contre son entrejambe et je sens son érection croître. Je ferme les yeux, me délectant de sentir sa main qui dessine un cercle en frottant mon derrière. Et d'un coup, sa main a disparu, remplacée quelques instants plus tard par une rapide sensation cuisante.

Je pousse un cri de surprise et de douleur – et pendant que sa main passe rapidement sur l'endroit, je me détends et j'inspire profondément alors que la douleur étale ses tentacules, se transformant en éclairs fulgurants qui me traversent et vont se concentrer sur mon sexe, devenu encore plus brûlant. Et plus exigeant.

— Tu aimes ça ? dit-il, et la raideur de sa queue me dit que lui aime ça.

— Oui, c'est... (Je cherche le mot juste.) Libéra-toire, finis-je par dire, et c'est vrai.

La brûlure, la douleur m'emportent, me libèrent pour accueillir une passion encore plus intense.

— Encore, dit-il, et une claque rapide suivie aussitôt d'une seconde embrase mes fesses.

Il frappe et caresse, donnant douleur et plaisir. Me faisant gigoter et puis retomber.

Je n'avais jamais pratiqué ça avant. Jamais senti ça jusqu'à maintenant.

Et ça me plaît. Putain, qu'est-ce que ça me plaît.

— Hunter, dis-je tout bas, mon con palpitant dans une silencieuse imploration. Est-ce que je peux être vilaine tous les jours ?

Il éclate de rire, puis passe sa main sur mes fesses, mon dos, mes épaules.

— Tu es juste parfaite, Jamie. Tu es un régal. Quant à te punir encore, il faudra voir à quel point tu seras vilaine. Pour le moment, je pense que tu as été assez punie.

Je pousse un soupir, émergeant avec difficulté à travers les ondes de plaisir, le doux chatouillement de douleur et de promesse.

— Si j'ai bien compris, tu aimes ça ?

Sa voix me caresse doucement, forte et enivrante, comme la légère brûlure d'une gorgée de whisky.

— Oui, admets-je, pendant que mon corps se contracte, mû par un désir inassouvi. Mais je t'implore, Hunter. Vas-tu me baiser maintenant ?

— Non, dit-il tendrement. Maintenant, je vais te faire manger.

CHAPITRE DIX

Au restaurant, comme dans le reste de l'hôtel, tout le monde connaît Ryan. Dès que nous passons la porte, un homme distingué aux tempes poivre et sel se tenant bien droit vient vers nous.

L'endroit lui-même est splendide, comme tout ce que j'ai déjà vu ici. Des panneaux en acajou couvrent les murs, sur les tables on a drapé des nappes blanches empesées. Des chaises robustes à l'air confortable, recouvertes d'un beau cuir rouge chaud rembourré sont groupées autour des tables.

Le décor m'enchante ; des tableaux hyperréalistes de bouteilles de vin et de verres plus grands que nature dans des couleurs éclatantes. Les lumières sont discrètes, mais pas trop basses, et l'acoustique parfaite permet d'entendre ceux qui partagent votre table, mais pas d'espionner les tables voisines.

Et ce qui me ravit le plus, l'odeur qui flotte est divine.

— Monsieur Hunter, quel plaisir de vous revoir. Votre table habituelle ?

— Pas ce soir, Stephen. Madame et moi-même souhaitons un peu d'intimité. La douze est-elle libre ?

— Bien sûr, répond Stephen en nous accompagnant vers un petit compartiment au fond du restaurant d'où nous pouvons voir le reste de la salle tout en en restant isolés. *La table parfaite pour un tête-à-tête*, me dis-je.

Ryan commande du vin ainsi qu'un plateau d'huîtres, et Stephen opine de la tête en s'éloignant.

— Si ce n'est pas ta table habituelle, commencé-je dès que Stephen ne nous entend plus, où manges-tu d'habitude avec tes conquêtes ?

Je prends un ton espiègle, mais à vrai dire, je voudrais le savoir. Je ne suis pas jalouse – pas vraiment. Mais ma curiosité est forte.

— Je ne suis jamais venu ici avec une femme, dit-il.

— Parce que tu travailles toujours quand tu descends au Starfire ?

— Non, dit-il. Je peux profiter de la suite à n'importe quel moment.

— Oh, fais-je, trouvant extrêmement intéressant ce petit bout d'information.

Il se penche vers moi et effleure mes lèvres d'un baiser.

— Je ne suis pas venu avec une femme, dit-il, parce qu'il n'y a jamais eu de femme avec laquelle j'avais envie de venir.

J'étouffe un sourire débile. En fin de compte, les sorties de Ryan avec d'autres femmes ne devraient aucunement m'intéresser. Pas en ce moment. Pas alors que dans quelques jours, je rentre au Texas.

Tout cela est vrai, pourtant, inutile d'ignorer les traînées de plaisir qui dansent le long de ma colonne vertébrale, mon corps qui résonne dans la certitude qu'au moins pour ce seul petit détail, je suis unique et exceptionnelle pour lui.

Je me racle la gorge pour cacher ma jubilation.

— Je n'avais pas compris qu'avant moi, tu étais célibataire, le taquiné-je.

— Tu cherches à savoir, Mademoiselle Archer ? demande-t-il. Devrais-je être flatté ? »

Je lève un sourcil.

— Flatté ?

De sa main, il caresse doucement ma jambe, la

soie de ma robe qui frotte sur ma peau est une provocation.

— Que tu sois jalouse des autres femmes avec lesquelles je suis sorti.

Je passe ma langue sur mes lèvres, mes jambes toutes chaudes maintenant, mon sexe parcouru de spasmes.

— Nous ne sortons pas ensemble.

— C'est vrai. Je vais le dire autrement. Es-tu jalouse des autres femmes que j'ai baisées ?

Bonté divine, pensé-je, puis je rétorque :

— Oui, dis-je hardiment. En fait, oui.

Il a un sourire triomphant.

— C'est bien, ça. (Ses doigts se resserrent sur ma cuisse, puis il se penche en avant et m'embrasse sur la joue.) Je vais te dire un secret, petit chat. J'ai connu un grand nombre de femmes. Tu es la seule que j'ai vraiment dans la peau.

À entendre ces mots, je suis parcourue par un courant froid, comme en état de choc. Pourtant je ne pense pas qu'il s'agisse de peur. Je crois que c'est plutôt de l'espoir. Un doux espoir exquis et terrifiant.

—Fais gaffe, dis-je rapidement avant qu'il ait le temps de réfléchir à mon silence. Tu risques d'enfreindre les règles. Tu vas me faire perdre la tête.

— Jamais de la vie, dit-il. Mais je me demande si ce n'est pas moi qui devrais être jaloux ?

— C'est possible, réponds-je avec désinvolture. Je me suis envoyée en l'air avec beaucoup d'hommes.

Ces mots sortent facilement. Putain, c'est *lui* qui rend les choses faciles. Peut-être parce que je sais que tout ça n'est que provisoire, jusqu'à ce que nous arrivions à Dallas. Peut-être parce que c'est Ryan.

Peut-être parce que nous étions d'abord amis, même si quelque part, au plus profond de moi, je voudrais qu'à la fin nous soyons bien plus. La seule chose que je sais, c'est que nous sommes bien.

Il étudie mon expression, une interrogation dans les yeux.

— Combien parmi eux ont été importants pour toi ? Parmi les hommes avec lesquels tu as baisé ?

— Trois, dis-je sans hésiter. Le premier parce que c'était un vrai ami, et nous n'aurions jamais dû être aussi cons. Le deuxième parce que je pensais que c'était pour de vrai, mais je me suis trompée. Je pensais qu'il m'avait brisé le cœur, mais en fait il a juste blessé mon orgueil.

— Ton ami Ollie, dit-il. Et le deuxième, c'est ce crétin d'acteur ?

— Ouais. Bryan Raine. Champion des salauds.

— Et le troisième ?

Je le regarde sans lui répondre et je me contente de sourire.

Il comprend, je crois, mais semble presque triste quand il dit :

— Tu carbonises les hommes, mon chat, comme si tu poursuivais une quête. Qu'espères-tu trouver ?

Je secoue la tête.

— Je n'en sais rien, dis-je, alors que tout me pousse à dire : *toi*.

La serveuse arrive avec une bouteille de vin, et après l'avoir fait goûter à Ryan, elle nous verse un verre chacun. J'ai une envie folle de boire une gorgée, mais avant que je n'y arrive, Ryan enlace mes doigts.

— Tu n'as peut-être pas besoin du Texas ou de ton plan. Peut-être te faut-il juste un homme qui te donne un peu de stabilité.

— C'est possible. (Je hausse les épaules.) Je n'en sais rien. Je fais toujours les mauvais choix.

— Autrefois oui, dit-il. Mais pendant combien de temps encore vas-tu te servir de cette excuse comme panacée contre ta peur ?

J'ai un brusque mouvement de la tête.

— Je n'ai pas peur.

— Tu parles ! Tu as peur de moi. Tu as peur de rester.

Je détourne le regard, car il a raison.

— Ce n'est pas pareil.

Il garde le silence, il sait probablement qu'il a raison, et mon excuse n'est que du n'importe quoi.

Je libère ma main pour boire un peu de vin.

— Ce qui me fait le plus peur, c'est mon aspect physique, dis-je.

Ce genre de choses, je ne les confie pas à n'importe qui, mais j'ai tellement envie d'être proche de cet homme. C'est dément, puisque je m'apprête à le quitter, mais ce dont je rêve est plus fort que moi.

Un sourire tendre et ouvert apparaît sur ses lèvres.

— Il n'y a rien qui fasse peur dans ton physique, petit chat.

Je lui souris en retour, sachant qu'il veut juste me mettre à l'aise.

— Je sais que tu penses que je suis jolie, dis-je.

— Belle, me corrige-t-il.

— Si tu veux. Ça ne me dérange pas non plus, je crois sincèrement que toi, tu me vois vraiment comme telle. Mais la plupart des gens... (Je me tais, haussant les épaules.) Autrefois, j'avais peur que personne ne me voie jamais. On ne voyait que ce qu'il y avait à la surface. (Je bois à nouveau une goutte de vin.) Beaucoup de mecs m'ont fait du mal une fois que j'avais compris qu'ils n'avaient rien à foutre de ce que j'avais dans la tête. Ils voulaient juste mon minois, mes nichons, mon corps et me donner le bras.

Il prend ma main et la serre.

Je hausse les épaules.

— Ça va. Je n'ai pas mis longtemps à comprendre. Après j'ai commencé à m'en servir. Je m'en suis servi comme instrument. De toute façon, ils n'ont jamais vu qui j'étais réellement, et donc je me suis dit autant en profiter. (Je lui adresse un tout petit sourire.) Je suis devenue pragmatique.

— C'est possible, mais on n'échappe pas à la réalité. Et la réalité, c'est que tu es une beauté. Ce n'est pas une malédiction. Ce n'est pas un outil. J'ai vu certaines photos que Nikki a prises de toi. Et capturée ainsi par une caméra, tu es vraiment exceptionnelle. Mais ce n'est pas à cause de ces pommettes incroyables, ou d'une bouche que tout homme rêve de voir sucer sa bite, dit Ryan, m'arrachant un sourire narquois. Il y a une lumière en toi, Jamie. Tu brilles. Tu entres dans une pièce, et...

— Comment fais-tu ? demandé-je.

— Quoi ?

— Pour me faire sentir spéciale.

Il y a dans son sourire une telle tendresse que mon cœur déborde.

— Tu es peut-être spéciale.

Il lève la main, et Stephen s'approche ; cette fois, il porte une petite boîte plate carrée entourée de papier argenté.

— J'ai acheté quelque chose pour toi, me dit Ryan. (Il prend la boîte des mains de Stephen et la pose devant moi.) Ouvre-la.

— Ryan.

Je n'arrive pas à effacer un large sourire de mon visage et je tire la boîte vers moi. Elle vient d'un joaillier, le haut et le bas sont emballés séparément. Je n'ai qu'à défaire le ruban et soulever le couvercle. Blotti dans du papier de soie, apparaît le splendide collier d'argent. Et maintenant, la boucle centrale porte un adorable cadenas en argent.

Ryan passe le bout de son doigt sur le cadenas.

— Parce que je veux t'enfermer et te garder. Parce que je te garderai toujours, bien enfermée dans mon cœur. Tu choisis, Jamie. Les deux sont vrais.

À ces mots, des larmes remplissent mes yeux, donc je ne me concentre que sur le cadeau.

— C'est incroyable. Merci.

— Vas-tu le porter ?

Je me souviens de ce que nous avions dit dans la boutique. Si je le portais, je lui appartiendrais.

— Oui, dis-je. Certainement.

Il m'aide à le fermer. D'abord, c'est une sensation étrange – je possède plusieurs tours de cou que je mets rarement, mais je sais que je vais m'y habituer. Mieux même, quelque part j'aime le fait de le sentir là contre ma peau. Pour me rappeler ce que je suis. À qui je suis.

— Il te plaît ?

Je n'ai pas de miroir – mon sac est resté dans ma chambre – mais je le touche de la main et j'imagine l'aspect qu'il a. De toute manière, ce n'est pas ce qui compte, et quand je me tourne vers lui, je souris.

— Bien sûr qu'il me plaît, dis-je. Comme ça, je t'appartiens.

Je vois la braise dans ses yeux quand il passe sa main sur ma joue.

— Oui, dit-il. C'est vrai.

Je me penche vers lui pour l'embrasser, mais la serveuse qui apporte nos huîtres m'en empêche. Ryan m'observe, une lueur carrément diabolique dans les yeux.

— Je n'ai pas pensé à te le demander, me dit-il. Aimes-tu les huîtres ?

— À vrai dire, je n'en ai jamais mangé, dois-je reconnaître. Pas crues, en tout cas.

— C'est vrai ?

— C'est triste, n'est-ce pas ? réponds-je d'un ton larmoyant. J'ai eu une vie tellement protégée et ennuyeuse.

— Très chaste, dit-il. Très sûre.

Je lui renvoie un sourire coquin.

— Quoi qu'il en soit, il est temps de mettre un peu de piment dans ta vie, et je pense que cela va te plaire. Me fais-tu confiance ?

— Tu sais bien que oui, fais-je sur un ton redevenu sérieux.

Nos regards se croisent, et ce que je vois dans ce bleu lumineux me fait chaud au cœur.

— Ravi de te l'entendre dire, répond-il.

La douzaine d'huîtres est joliment posée sur un plat autour d'une demi-coquille de sauce rouge.

— Ouvre ta bouche, ordonne-t-il tout en faisant tomber un peu de sauce sur une huître avec une petite cuillère. On raconte que Casanova en mangeait tous les jours cinquante au petit-déjeuner, ajoute-t-il d'une voix basse et tranquille.

Je fais comme il dit, ouvrant grand la bouche,

sans réellement savoir ce qui m'attend. Mais je lui fais confiance. Plus même, j'attends ce moment.

Ses yeux ne quittent pas les miens quand il approche le coquillage de mes lèvres entrouvertes.

— Voilà. Maintenant, aspire et fais-la glisser dans ta gorge. Oh, Jésus, Jamie, tu me tues, ajoute-t-il alors que j'obéis, puis je passe ma langue sur mes lèvres pour capter la dernière trace de sauce.

— C'est délicieux, murmuré-je, sans être sûre moi-même si c'est bien de l'huître dont je parle.

— Tu sais ce qu'on dit à propos des huîtres ? demande Ryan en en portant une à sa bouche. Pourquoi un homme comme Casanova en aurait-il mangé autant ?

— Pourquoi ne me le dis-tu pas ? répliqué-je, bien que je le sache fort bien.

— On dit que l'huître est aphrodisiaque, répond-il en en reprenant une.

— Et est-ce vrai ?

J'en prends une autre que j'assaisonne de sauce. Je la porte à ma bouche, je l'aspire lentement pendant qu'il m'observe, un désir si fort sur ses traits que c'est un miracle que je n'en sois pas transpercée.

J'avale, puis lui lance un tendre sourire en indiquant les huîtres.

— Je ne sais pas si je devrais être flattée que tu

tentes de me séduire, ou humiliée qu'il te faille de l'aide pour le faire.

— Fais-moi confiance, dit Ryan. Aucun aphrodisiaque ne pourrait en ce moment être plus efficace que ta présence à mes côtés.

Je discerne dans sa voix une trace de malice, et mon dos est parcouru de frissons.

— Je suis ravie de te l'entendre dire, dis-je.

Il avale une gorgée de vin.

— Maintenant, je veux que tu fasses quelque chose pour moi.

Je cille, méfiante.

— Quoi ?

— Retire ta petite culotte.

Je lève un sourcil.

— Hum, non.

Il lève la tête, sévère.

— Il me semble me souvenir que nous étions d'accord sur les règles.

— Pourtant, c'est toujours non. Pas parce que je suis rebelle, mais parce que je n'en porte pas.

L'éclair dans ses yeux me dit que j'ai réussi à le surprendre.

— Alors là... Eh bien, dans ce cas...

La main qui reposait sur ma cuisse se déplace, et ses doigts s'insinuent dans la poche secrète. Mais je sursaute lorsque je sens le chaud contact de ses doigts sur ma cuisse nue.

Choquée, je me tourne.

— Quoi ?... Comment... ?

— Je n'ai vraiment pas vu l'utilité d'une poche, c'est tellement plus commode sans cette couture. (Il me lance un sourire narquois.) Libre accès.

— Mais...

De son autre main, il pose un doigt sur mes lèvres, m'intimant le silence.

— Écarte tes jambes, dit-il.

— Nous sommes dans un restaurant.

— Alors j'espère que quand je te ferai jouir, tu pourras éviter de hurler.

— Ryan...

Même si je proteste, je désire le contraire. J'écarte les jambes et lorsque sa main descend et me trouve déjà mouillée, déjà excitée, Ryan émet tout bas un sifflement.

— Tu aimes ça autant que moi, dit-il. Jouir en public. Savoir que tu m'appartiens. Que je peux te toucher partout, te faire jouir n'importe où.

Ses doigts glissent sur moi, je suis toute humide – si humide qu'il ne sert à rien de nier qu'il a raison.

Une serveuse s'approche pour voir s'il nous reste

du vin et demander si nous voulons commander le repas. J'arrive à grimacer un sourire poli pendant que les doigts de Ryan me caressent, s'enfoncent en moi, m'excitent de plus en plus.

Comme s'il voulait me torturer, il lui demande ce que propose la carte, et pendant ce temps, je déplace ma main sous la table et m'agrippe à mon genou, combattant l'envie incontrôlable de me tortiller pour que sa main bouge plus vite, plus fort. Qu'il me transporte encore plus loin.

Dès qu'elle est partie, je l'agresse.

— Salaud ! m'exclamé-je.

Mais il attrape ma bouche dans un baiser et murmure :

— Jouis pour moi. Maintenant jouis pour moi, mon chaton.

Tout en me défonçant avec ses doigts.

Je me cramponne au bord de la table, le regard dans le vide, forçant mon corps à ne pas bouger pendant que l'orgasme me ravage. C'est comme si toute cette énergie, cette déflagration restait confinée dans ma chatte, et mon corps est secoué par des spasmes autour de ces doigts qui me fourrent, tout cela caché, dissimulé sous ma jupe et sous la nappe de ce si chic restaurant cinq étoiles.

— Je te hais, craché-je en reprenant lentement mes esprits.

— Non, dit-il. Tu ne me hais pas. (Il attend un instant, puis retire sa main de sous ma jupe.) J'ai un autre cadeau pour toi, dit-il.

Je pense qu'il vaut mieux ne pas poser de questions, il sort de sa poche un ruban entortillé portant un crochet au bout.

— C'est quoi ?

— Une laisse, dit-il, et l'amusement illumine ses yeux. Je l'accrocherai à cette boucle, même avec le cadenas fixé au collier.

Je souris, et en prenant courage, je dis :

— D'accord. Attache-la. Puis tu me reconduiras dans la chambre et tu me sauteras selon toutes les règles de l'art. Mais toi, Ryan, tu travailles ici. Je me demande ce que les gens en penseront.

— Probablement que je suis l'homme le plus veinard de Las Vegas. Mais tu n'as pas entièrement tort.

Il se penche et attache le crochet au collier. Puis il laisse pendre le ruban, enfonçant ce qui dépasse dans mon décolleté pour le cacher sous ma jupe.

Je sourcille.

— Les gens comprendront quand même.

— Qu'ils comprennent !

Je lèche mes lèvres, plus excitée encore et plus prête que jamais à aller plus loin.

— Ryan, dis-je. Qu'en dirais-tu si on sautait le repas ?

Il se met à rire.

— Mon chou, cela ne me déplairait pas du tout.

Il attend que nous soyons sortis de l'ascenseur et que nous traversions le couloir vers la suite pour sortir la laisse. Et quand il le fait, je suis envahie par un sentiment de bonheur dans le fait de lui appartenir, c'est rassurant de savoir qu'il est là. Que je peux compter sur lui. Aller vers lui.

Parler avec lui.

Une pointe de regret s'insinue en moi lorsque je me souviens que tout ça n'est que provisoire. Mais je repousse fermement l'idée. En ce moment, je ne vis que l'instant présent. Que notre complicité.

Je ralentis en passant la porte, bien qu'il tire sur la laisse. Il se retourne et me regarde, un semblant de désapprobation sur ses traits, et je souris.

— Je vous en prie, Monsieur, dis-je, et un sourire ironique se dessine sur sa bouche. M'accompagneras-tu à la fenêtre ?

C'est ce qu'il fait, et ensemble nous admirons la ligne d'horizon de Las Vegas si brillamment illuminée.

— Toutes les femmes du monde, commencé-je. Tu pourrais avoir n'importe laquelle, tu sais.

— Pas toutes, dit-il. Probablement quatre-vingt-dix pour cent seulement. Maximum quatre-vingt-quinze.

Je souris, puis retrouvant mon sérieux :

— C'est moi que tu as choisie.

Il passe derrière moi, appuie ses mains sur mes épaules et pose un baiser sur le haut de ma tête.

— Non, petit chat, dit-il. Nous nous sommes choisis l'un l'autre.

Je me tourne et jette encore un regard par la fenêtre.

— Oui, dis-je à notre reflet. C'est vrai.

Je tourne la tête et je lui souris, puis fais glisser ma main du collier, le long de la laisse, jusqu'à sa main.

— Et maintenant que tu m'as amenée ici, que penses-tu faire de moi ?

— Oh, je pense que nous trouverons bien quelque chose, dit-il, puis il défait mes bretelles et baisse la fermeture éclair de ma robe.

Elle glisse vers le bas comme un voile, je suis nue avec pour seule parure le collier d'argent, le cadenas, le ruban rouge de la laisse et mes chaussures à talons.

— Ça, dit-il, c'est un bien joli spectacle.

Il tire sur la laisse, m'attirant vers lui. Je tombe dans ses bras en trébuchant, je ris, je me débarrasse de mes souliers.

— Je ne te demanderai peut-être que de me servir du vin et du fromage dans cette tenue.

— Je le ferais. Mais je pense que tu pourrais trouver mieux.

— Je le pense aussi, dit-il, puis il décroche la laisse. (Il prend le ruban et l'entortille dans sa main.) Retourne-toi, Jamie, ordonne-t-il, et j'obéis docilement. Ferme les yeux maintenant.

Je les ferme, et je sens la subtile caresse du ruban qu'il noue sur mes yeux – faisant un tour, deux tours, trois tours, jusqu'à obtenir un effet au moins aussi efficace qu'un bandeau. Puis il m'attire par terre sur un doux tapis de fourrure.

J'attends de sentir ses mains, mais rien. Du moins, pas immédiatement. Puis je l'entends bouger légèrement, suivi d'un bruit de glaçons agités dans un verre.

— Tu aimes le bourbon, mon chat ? demande-t-il, et quand je fais oui de la tête, je sens son doigt sur mes lèvres.

Je l'aspire en suçant, et j'écoute le rythme de sa respiration changer au fur et à mesure qu'il s'excite.

Il retire gentiment son doigt, puis le fait descendre sur mon ventre. Quand il arrive à mon nombril, je me cambre, surprise par le choc rapide et froid d'un glaçon.

— Tu es adorable, fait-il.

Et de sentir qu'il me lèche et me couvre de baisers en se frayant un chemin vers le bas, puis qu'il suce mon nombril me fait trembler, affolée.

— Je veux faire l'amour avec toi, dit-il, et dans sa voix, il y a une telle tendresse qu'elle envahit mon cœur et le serre.

Je tends les mains vers lui, mais il dit simplement « non, » et je retire mes bras.

— Pas encore. Pas tant que je ne suis pas certain que tu es prête.

— Je suis prête. Je suis toujours prête pour toi.

Il murmure une réponse, et le voilà sur moi. Doucement, tendrement. Les mains, la bouche. Il me caresse, me titille, me touche, me chatouille. S'il cherche à me faire participer pleinement, me transformer en pur désir, il a parfaitement réussi.

Je fonds, le désir me submerge. J'en veux plus, toujours plus.

— Je t'en prie, l'imploré-je. Si je ne peux pas te voir, au moins laisse-moi te toucher.

D'un geste affectueux, il prend ma main et la

pose sur sa poitrine. Elle est nue, et je frôle lentement sa toison. De l'autre main, je trouve son dos et je le caresse en descendant, ravie de la fermeté de son cul nu, tendu sous mes doigts.

— Je n'en peux plus, dit-il. Je te désire, mon chat, et maintenant je vais te prendre.

— Oui, murmuré-je, soulevant mes hanches et écartant les jambes.

Je veux le sentir dans moi, sur moi. Je veux m'évanouir sous son poids, être consumée par lui.

D'abord il me cajole, ses doigts me préparent, et je geins de plaisir à l'avance. Puis je sens le gland de sa queue sur mon sexe, la pression quand il entre, et le doux frisson quand il me pénètre.

Nous bougeons à l'unisson, anticipant les caresses, partageant les baisers. C'est un moment sensuel, romantique, tendre et cool. Il a raison – nous faisons l'amour, et cette délicieuse réalité me donne envie de pleurer de joie autant qu'elle m'effraye.

Il me cajole, augmentant mon plaisir jusqu'à ce que je tremble dans ses bras, l'orgasme me submerge cette fois-ci comme les vagues sur un lac sous le soleil.

Sa jouissance est bien plus violente, et il crie mon nom quand il se libère, je me cramponne à lui, l'attirant toujours plus profondément, revendiquant tout de lui.

Nous sommes couchés là, ensemble, et il retire mon bandeau et sourit. Puis il m'attire étroitement à lui et m'étreint.

Je soupire de plaisir et de contentement. Et quand je me niche dans ses bras, je m'efforce de ne pas penser combien je voudrais rester avec lui, et que tout cela porte à une seule conclusion inévitable – moi au Texas, et Ryan en Californie.

CHAPITRE ONZE

Je flotte sur les ondes de la mer qui gonflent et se creusent, chaque vague se brise sur mon corps et me rapproche de la rive, toujours plus près.

L'eau est chaude et humide, lisse et sensuelle. Elle passe sur ma peau nue. Elle me chatouille, me séduit. Elle me veut.

Elle m'entraînera au fond, je le sais, et pourtant peu m'importe. Je veux m'y noyer, je veux sombrer, sombrer, sombrer...

— Hunter, murmuré-je en émergeant du sommeil. Mes yeux s'ouvrent lentement et je plonge dans la flamme profonde de son regard.

Ses mains sont appuyées sur le matelas des deux côtés de ma tête et le soutiennent, il va et vient lentement, langoureusement en moi. Mon corps reprend conscience de son environnement. Il est en tout cas plus présent que le reste de ma personne, même si le réveil n'est pas loin.

J'écarte davantage mes jambes pour l'accueillir, il m'a prise pendant mon sommeil, je m'en rends compte – et j'en suis ravie.

Ses coups de boutoir deviennent plus forts, toujours plus forts, il finit par exploser au-dessus de moi et je l'observe pendant que l'orgasme le déchire, puis le précipite sur moi.

Quand il reprend son souffle, il effleure doucement mes lèvres avec les siennes.

— Bonjour.

Je souris aussi.

— Un réveil bien agréable.

— N'oublie pas que tu m'es soumise, dit-il. En te voyant nue, allongée sur le dos, les jambes écartées, je n'ai pas pu résister, tu n'attendais que moi. Tu mouillais déjà, dit-il. Humide, chaude et excitée avant même que je ne te touche.

— J'ai rêvé de toi, dois-je admettre. Et après j'ai rêvé de ceci. (Je passe ma langue sur mes lèvres, stupidement embarrassée par ce que je vais dire.) J'aime ça. Je veux que tu te serves de moi.

Les flammes embrasent à nouveau ses yeux.

— C'est vrai ? Pourquoi ?

Je vais détourner la tête, mais son doigt posé sur mon menton m'arrête.

— Pourquoi ? répète-t-il.

— Tu le sais bien, réponds-je. Parce que je suis à toi.

Et, n'en ayant pas encore eu assez de lui, je me tourne, m'accroupissant sur les genoux et lui présentant mon derrière.

— Je suis à toi, dis-je d'une voix sourde et éloquente en jetant un coup d'œil par-dessus mon épaule.

— Je t'en prie. Je te veux. Je veux que tu sois le premier.

— Jamie, petit chat. (Sa voix rauque trahit son désir.) Je ne veux pas te faire mal. Si tu ne l'as jamais… sans être lubrifiée…

— Dans mon sac à main, dis-je. Un vestige de l'époque où je baisais à droite et à gauche, ajouté-je, et sa grimace me fait sourire.

Il le trouve presque immédiatement et revient vers moi.

— Tu en es sûre ?

J'aimerais lui dire que je ne veux pas me séparer de lui. Que je pense, juste une idée comme ça, que je suis tombée amoureuse de lui.

Mais cette chose, je ne peux pas la dire, pas la lui

donner. Par contre je peux me donner à lui, moi.

— Oui, dis-je. S'il te plaît, oui.

— Alors approche-toi, dit-il en me faisant me soulever.

Il couvre ma bouche de la sienne dans un baiser sauvage et profond et infiniment passionné.

— Je t'adore, dit-il quand nous reprenons notre souffle. Je veux te prendre. Putain, je te désire plus que je n'ai jamais désiré aucune femme. Mon Dieu, je bande encore.

— Je suis à toi, réponds-je pendant qu'il trace son chemin sur mon corps, qu'il caresse et suce mes nichons, puis couvre mon sexe de baisers rapides et légers jusqu'à ce que je me tortille, frisant la déflagration au point d'entendre la montée de l'orgasme dans mon sang.

— Retourne-toi, dit-il. Sur les genoux, comme tout à l'heure.

J'obéis, et ses mains douces et sensuelles caressent mon dos comme on ferait avec un objet fragile. Ses doigts descendent plus bas et il explore mon derrière, ses doigts lubrifiés glissent sur moi, me pénètrent doucement, me préparent.

Je ferme les yeux, secouée de tremblements. Les jeux anaux me connaissent, mais aucun homme ne m'a jamais possédée en cet endroit. J'en suis heureuse. Je veux Ryan, et rien que Ryan, et maintenant qu'il me prépare pour l'accueillir, je m'efforce de me détendre. Je me concentre sur les spasmes impatients de mon sexe. Sur mes tétons tout durs. Sur la délicieuse sensibilité de ma peau.

— Tu es prête, mon bébé, dit-il et je ferme les yeux, détendue, m'ouvrant à lui lorsqu'il presse sa queue contre ma porte étroite.

Lentement, il s'y glisse, j'inspire profondément, souhaitant qu'il s'arrête, et en même temps qu'il aille plus loin.

— Est-ce que je te fais mal ? demande-t-il tout en poursuivant ses mouvements lents et délibérés.

— Non, dis-je, mais je mens, parce que la douleur en fait partie.

Comme quand il m'a donné la fessée, la douleur mélangée au plaisir, et je veux le tout.

— Ça va. Je t'en prie. Encore plus. Ne t'arrête pas.

Il me prend au mot, et toujours avec précaution, il pousse plus fort jusqu'à ce qu'enfin mon corps semble l'accueillir et que la douleur se transforme en quelque chose de rouge et de soyeux, comme le retentissement d'une douleur devenue plaisir.

Je déplace mon bras pour pouvoir titiller mon clitoris, l'accompagnant dans l'ascension vers l'orgasme. Je jouis rapidement, mon corps n'est que trop réceptif, trop prêt, et tout en moi se crispe, l'attirant au fond de moi et lui arrachant un long râle sourd.

Il jouit après moi, et en le faisant il crie mon nom, puis m'attire à lui et m'étreint fort.

— Mon petit chat, murmure-t-il, ses lèvres pressées contre ma nuque. Merci.

— De quoi ? demandé-je.

Et sa réponse me chamboule totalement :

— D'être toi.

Plus tard sous la douche, il passe tendrement sa main sur ma joue.

—Tu es formidable, dit-il.

— Je suis heureuse que tu le penses, le taquiné-je. Je me sens formidable.

C'est vrai. Il émane de mon corps une satisfaction totale, je suis délicieusement exploitée. Et le simple fait d'avoir Ryan à mes côtés me comble de plaisir. Et qu'il soit nu lui donne pas mal de valeur ajoutée en prime.

— Ouais, répété-je, et je l'embrasse. Je me sens formidable.

Sorti de la douche, il met moins de quinze minutes à s'habiller et à se présenter, scandaleusement beau, devant moi.

Quant à moi, il me faut un peu plus de temps pour me préparer. D'autant plus qu'aujourd'hui, je dois interviewer Ellison Ward.

Je passe une heure à me maquiller pour la caméra, puis à m'habiller et à vérifier dans la glace que tout va bien. Je ne me fais pas d'illusions – je sais que Ward va monopoliser l'écran – mais je sais aussi que ce job peut être ma grande chance, que je ne veux pas la louper.

— Tu es éblouissante, dit Ryan. Professionnelle, séduisante, féminine et intelligente. Rien que des qualités, en ce qui me concerne.

— Ton appréciation me flatte, réponds-je, puis j'accepte qu'il m'embrasse, mais en lui tendant la joue pour ne pas abîmer mon rouge à lèvres.

Le collier se trouve là où je l'avais laissé avant la douche et je m'en empare. Je voudrais le porter, mais franchement, il jure avec ma mise calculée pour la caméra. Je vais le dire à Ryan – lui expliquer pourquoi je ne porte pas le cadeau qui m'a tellement émue – quand il le retire de mes mains.

— Qu'est-ce que tu… commencé-je, mais il me fait taire en posant un doigt sur mes lèvres.

Il prend un petit canif et retire le cadenas de la boucle du collier. Remettant le collier à mon cou, il presse le cadenas dans ma main.

— Tu détiens la clé de mon cœur, dit-il, et mes jambes en tremblent. Garde-la bien.

J'opine et je glisse le cadenas dans la poche de ma veste. Il n'est pas lourd, mais je le sens, et j'en suis rassurée.

En sortant de la suite, je vois arriver un portier qui me remet un reçu du voiturier.

— Votre Ferrari, Mademoiselle Archer.

— Merci, dis-je, fixant Ryan du regard.

— Mes collaborateurs l'ont ramenée, dit-il. La jauge d'essence n'est pas encore réparée, mais ils ont fait le plein. J'ai voulu te poser la question avant de la faire conduire au Texas, mais autant que tu le saches, tu descendras là-bas avec moi.

Je souris.

— C'est parfait.

Ce que je ne dis pas, c'est que ce serait parfait, excepté le fait que nous allons nous séparer à la fin.

En attendant, je glisse le reçu dans mon sac et j'emboîte le pas à Ryan en direction de l'ascenseur.

Il m'accompagne pour l'interview qui se déroulera dans la suite de Ward au dernier étage. Nous montons en ascenseur et pénétrons dans une pièce qui ressemble beaucoup à la nôtre – mais avec bien plus de gens.

Mon caméraman est déjà arrivé, avec au moins

une demi-douzaine d'autres personnes qui ont sans doute quelque chose à voir avec le film, sans que je sache quoi. Cinq ou six autres personnes sont réunies autour d'un buffet dressé à l'extrémité de la pièce, devant les fenêtres. D'autres sont installées autour d'une table couverte de papiers qui ont tout l'air d'être les pages d'un scénario.

Ellison Ward n'est pas en vue.

Une femme affolée, des crayons tenant son chignon blond désordonné, arrive en courant. Jetant un coup d'œil à sa montre, elle se présente :

— Je suis Birgit, nous sommes déjà en retard.

Bien que moi j'aie cinq minutes d'avance, elle me pousse vers un petit divan. Le caméraman quitte son poste pour venir me saluer.

— Léo, se présente-t-il. Je vais reprendre Ellison, et puis nous recommencerons par le début et je vous filmerai pendant que vous posez vos questions. Je ne voudrais pas rater l'occasion de faire un truc super avec notre vedette, et c'est ainsi qu'on obtient le meilleur résultat.

— D'accord. Et où est notre vedette ?

Birgit, à mes côtés, consulte encore sa montre.

— Il ferait mieux de se dépêcher, sinon nous allons prendre un sérieux retard. (Elle décroche un talkie-walkie de sa ceinture.) Merde, Carson, il me faut Ellison.

« On arrive » est la brève réponse qu'elle reçoit.

À quelques pas derrière Léo, Ryan se tient debout contre une colonne et m'observe. J'accroche son regard et je souris. Jusque-là, tout semble parfait. Le boulot. L'homme. La vie en général. J'aimerais pouvoir mettre tout ça en bouteille et le serrer contre ma poitrine.

Mais je devrais savoir que c'est trop beau pour être vrai, car quand la double porte de la pièce à côté s'ouvre, Ellison Ward et sa suite font leur entrée. Et là, juste derrière mon sujet, je découvre Bryan Raine.

J'ai sans doute réagi, car il suffit à Ryan d'un coup d'œil sur mon visage pour se retourner et regarder derrière lui. Quand ses yeux reviennent sur moi, je vois qu'il a compris. Ses traits se sont durcis, et je ne doute pas que s'il pouvait tuer Raine sans se faire prendre, Ryan n'hésiterait pas un seul moment.

Franchement, d'une certaine façon, cela me fait plaisir.

J'ignore ce que Raine fait là – son nom ne figurait pas sur la liste des acteurs qui m'avait été remise – et je ne vais pas me poser la question. C'est déjà assez embêtant qu'il soit là aux aguets comme une grosse araignée noire, n'attendant que de pouvoir me faire prisonnière et sucer ma sève vitale.

Mais mes craintes sont sans raison. Il est entré, certes, mais il ne reste pas, et quand je le cherche des yeux, il n'y a plus trace de lui.

J'adresse un remerciement silencieux au destin et à l'univers, puis je serre la main à Ellison Ward. Il est charmant et courtois et très british. Il me met immédiatement à l'aise, et l'interview se déroule sans anicroche. Il est ouvert et sincère, et j'arrive à placer les questions people aussi bien que celles qui sont plus sérieuses.

À la fin, je flotte sur un nuage rose, satisfaite de moi, d'Ellison et du monde dans son ensemble.

Je dis au revoir à Ellison et je m'assois pendant que Léo me fait repasser mes questions. Quand il a fini, Ryan s'approche, et je dois me retenir pour ne pas lui sauter au cou.

— Tu as été splendide, dit-il.

— En effet, confirme Léo. Elle sait y faire devant la caméra, d'ailleurs. Tu auras un succès bœuf, Jamie. J'espère que nous aurons l'occasion de retravailler ensemble.

— Merci, lui dis-je, l'invitant à venir prendre un verre avec nous au bar de l'hôtel.

Il décline, et en mon for intérieur, je lui en suis

reconnaissante. J'aurais été contente qu'il vienne, mais je le suis encore plus d'avoir Ryan pour moi toute seule.

— Un verre, dit-il pendant que nous descendons en ascenseur. J'avais prévu de t'offrir un voyage à Paris pour fêter ça, mais si tu préfères...

J'éclate de rire, puis l'attire à moi pour l'embrasser à nouveau. Je ris encore lorsque nous sortons de l'ascenseur, et ma bonne humeur persiste jusqu'au milieu du foyer.

Elle s'éteint là parce que Bryan Raine marche droit vers nous.

— Jamie, dit-il. Pardonne-moi, je n'ai pas eu l'occasion de te saluer là-haut. J'ai un rôle dans le prochain film de Johnson et il m'avait demandé de passer pour lire quelques pages. On pourrait peut-être prendre un verre ? Pour nos retrouvailles ?

Je serre fort la main de Ryan.

— Non, dis-je. Je pense vraiment que non.

Je continue d'avancer, me cramponnant à Ryan qui me soutient.

— Enfoiré, dis-je tout bas quand nous arrivons au bar du foyer. Regarde-moi, ajouté-je pendant que nous prenons place. J'étais d'excellente humeur, et le voilà qui débarque pour tout gâcher.

— Allez, dit Ryan en serrant ma main. Oublie-le.

Je fais oui de la tête.

— Je sais. Tu as raison. Merde.

Je me remets debout.

— Commande quelque chose de divin pour moi.
Je vais juste un instant aux toilettes. »

Dans les toilettes, je passe les cinq minutes
suivantes à me regarder dans la glace et à me
demander ce qu'il y a qui ne tourne pas rond
chez moi.

Quand je sors, je suis plus calme – au moins tant
que je ne vois pas Bryan debout à côté de Hunter,
ressemblant à une gazelle confrontée à un lion aux
aguets. Hunter dit encore quelque chose, puis Bryan
détale comme un éclair, il ne me voit même pas
quand il passe à mes côtés.

— Que diable se passe-t-il ? dis-je à Hunter dès
que je le rejoins.

— Je lui ai dit de ne surtout pas
s'approcher, répond-il avant de se tourner vers son
Scotch. J'ai pris un Cosmopolitan pour toi. Ça a l'air
cool.

Mais en ce moment, le cocktail ne m'intéresse
pas.

— Tu lui as simplement dit de s'en aller ?

— Oui, insiste Ryan.

Je secoue la tête, un peu désemparée, un peu

mécontente. Je ne sais franchement pas ce que je ressens, sauf une certaine irritation. Ne m'étais-je pas déjà débarrassée toute seule de ce crétin ?

— Je n'ai pas besoin que tu te pointes pour jouer les chiens de garde pour moi, lui dis-je. Je m'en suis libérée toute seule, non ? Je ne fais pas partie des responsabilités de ta fonction.

— Tu as raison, dit-il d'un ton assez sec pour que je sache que lui aussi est irrité. Tu n'es pas une de mes responsabilités de travail. Tu es la femme que j'aime.

J'en reste paralysée, ses mots ont pour moi la force d'une gifle. Je secoue automatiquement la tête. *La femme que j'aime.*

Je voudrais le croire – mon Dieu, qu'est-ce que j'aimerais le croire. Mais ça ne peut pas être vrai. Et même si cela l'était...

Je passe mes doigts dans mes cheveux.

— Hunter, fais-je. Hunter, non.

— Je t'aime, Jamie. Reste. Ne va pas au Texas. Reste avec moi.

Je secoue la tête, je lutte pour que la raison l'emporte, car si je n'écoute que mes sentiments, je sais que je serai perdue. Après tout, c'est ça, la vieille Jamie. Celle qui se plante à tous les coups. Celle qui à la fin est toute chamboulée, qui fout sa vie en l'air et qui doit rentrer à la maison en courant chez maman et papa pour remettre de l'ordre dans sa tête.

La nouvelle Jamie *réfléchit*.

Mais je veux être damnée si la nouvelle Jamie sait quoi penser de la situation dans laquelle je me trouve.

Je le vois à travers un voile et je comprends que je suis en train de pleurer. D'un geste brusque, j'essuie les larmes du dos de mes mains. Je me demande comment j'arrive à être si malheureuse. Cet homme m'aime. Et pourtant…

— Tu ne peux pas m'aimer, murmuré-je. Tu me connais à peine.

C'est vrai. Mais n'étais-je pas en train de tomber amoureuse de lui, moi aussi ? Est-ce que je ne me l'étais pas déjà dit ? N'étais-je pas déjà en train d'essayer de me cacher la réalité ?

— Nous nous connaissons à peine, ajouté-je, m'adressant cette fois à tous les deux.

— Pourquoi faut-il du temps pour tomber amoureux ? demande Ryan. Plus forte sera la poussée, plus rapide sera la chute.

Je me contente de le regarder, souhaitant y croire.

— Est-ce que cela a vraiment été si rapide, Jamie ?

— Nous ne sommes même pas sortis ensemble, protesté-je.

— Je ne suis pas le moins du monde intéressé à sortir avec toi. Sortir avec quelqu'un équivaut à une exploration. À une découverte. Mais moi je te connais déjà, Jamie. Je te connais, je te veux et je t'aime.

Il me prend par la main, et pendant un court moment, tout est pour le mieux dans le meilleur des mondes. Mais je jette un coup d'œil à travers le bar et le foyer. J'y vois Bryan Raine discuter avec un portier et mon estomac se contorsionne, rien que de penser à l'authentique désastre que je suis.

Raine est le condensé de ce que je fuis – les mauvaises décisions.

Mais comment diable puis-je savoir si Ryan Hunter est une bonne ou une mauvaise décision ?

— Je regrette, dis-je en dégageant ma main.

Je voudrais dire qu'il est tout ce que je n'ai jamais espéré. Je voudrais dire que je l'aime.

Mais j'articule :

— Je dois réfléchir. Je regrette, Ryan. Il faut que j'y aille.

CHAPITRE DOUZE

Devant moi, l'autoroute s'allonge à l'infini, je roule sans m'arrêter et je me dis que si je continue encore un peu, peut-être jusqu'à la prochaine borne, j'y verrai plus clair. Mais l'autoroute se déploie sans fin, il y a toujours une nouvelle borne, et je crains que mes pensées ne finissent par m'asphyxier.

Que suis-je en train de faire ?

Bien sûr, je connais la réponse. Je m'enfuis.

Ce que je n'arrive pas à comprendre, c'est pourquoi.

Je me dis que j'ai raison de le quitter. Peut-être pas pour toujours, mais pour quelque temps. Le temps d'y voir plus clair dans ma tête. Sans lâcher le plan.

Le plan n'est-il pas là pour m'empêcher de faire

précisément ce qui s'est produit avec Ryan –
m'empêcher de perdre la tête avec un mec ?

C'est bien ça – sauf que, non.

Car Ryan ne m'a pas fait perdre la tête. Tout au
plus, il me l'a fait retrouver.

Je découvre le cadenas dans ma poche et je le
serre dans ma main alors que les larmes me brûlent
les yeux. Que suis-je en train de faire ? Quelle
personne saine d'esprit s'enfuit devant l'amour ?

Car il est certain que je l'aime. Et ce qui est le
plus important, c'est que je sais que lui m'aime de
tout son cœur.

Je retire mon pied de l'accélérateur, un peu
penaude quand je me rends compte que j'ai poussé
la Ferrari à plus de cent-cinquante kilomètres à
l'heure. Mais c'est vraiment le pied d'en tenir le
volant.

Je ralentis, je me prépare à faire demi-tour et
retourner là-bas, mais il y a un pépin.

Une fois de plus, la voiture fait un bruit étrange,
bien que, en y prêtant plus attention, je me rends
compte que le *flop-flop* ne vient pas de la Ferrari,
mais de l'extérieur.

Intriguée, je survole du regard les champs qui
longent l'autoroute. En gros, il n'y a que de la terre,
mais maintenant elle commence à bouger, se

soulever, tournicoter comme des petits diables de poussière qui dansent.

Une ombre passe au-dessus. J'enfonce le frein quand un élégant hélicoptère noir portant Stark International écrit sur ses flancs se pose sur la bande devant moi.

Je coupe le moteur et sors de la voiture en courant. Je ne le vois pas, pas encore, mais je ne ralentis pas. Je sais qu'il est là. Je sais qu'il est venu me chercher.

Et puis le voilà, il saute de l'hélicoptère et atterrit sur le macadam. Il se baisse pour éviter le vent soulevé par les hélices qui tournent encore, et quand il est hors d'atteinte, il fait un geste de la main et l'hélicoptère remonte vers le ciel.

Je me jette dans ses bras.

— Tu es venu me chercher, m'écrié-je sur un ton plein d'étonnement.

— Je viendrai toujours te chercher.

Il m'embrasse. Un baiser dur, profond, qui me revendique comme sienne et dont la secousse électrique descend jusque dans mes orteils.

Même quand nos bouches se séparent, je reste accrochée à lui pour me rassurer qu'il est bien réel.

— J'allais faire demi-tour pour retourner vers toi. (Je lève la tête pour le regarder.) J'avais besoin de te retrouver. De te le dire. Moi aussi, je t'aime, Ryan Hunter.

Son sourire illumine ses yeux.

— Je sais.

— Et j'ai trouvé la réponse, ajouté-je.

— Qui est Jamie ?

Je fais oui de la tête.

— Elle est à toi, continué-je, et bien que je sois préparée à son sourire en réponse, ses mots me prennent par surprise.

— Non, dit-il. Elle n'appartient qu'à elle-même. Mais moi, je suis l'homme qui l'aime.

Ses paroles m'ébranlent et je l'attire vers moi pour l'embrasser encore.

— Veux-tu toujours que je t'accompagne au Texas ? demande-t-il quand nous arrivons à la voiture.

Je secoue la tête.

— Je vais appeler Georgia. Je n'accepterai pas ce travail.

Il m'a ouvert la portière du côté passager, mais s'interrompt maintenant et me prend par le menton.

— En es-tu certaine ?

— C'est une formidable opportunité, dis-je. Mais seulement si je veux rester au Texas. Or, je ne le veux pas. Je veux être à Los Angeles. Je veux être près de toi.

Je rencontre son regard pendant que je parle, et il me le rend avec tant d'amour et de tendresse que mon cœur est sur le point d'exploser.

— Depuis qu'elle m'a fait cette proposition, j'y ai vu une possibilité de me relancer sur le marché du travail de LA, de regarder au-delà de ce boulot, vers l'avenir. Mais mon avenir, c'est toi, Ryan. Ce que je veux, c'est toi. Et tant que je suis avec toi, je peux attendre qu'un bon boulot se présente. Je peux...

— Chut, fait-il et il presse à nouveau sa bouche sur la mienne.

— Mmmh, murmuré-je. Je peux m'habituer à ça.

— Donc, nous allons devoir faire régner la confusion, non ? Il ne faudrait pas que notre vie devienne prévisible.

— Non, on l'évitera. Tu sais, poursuis-je en pensant encore au travail. Je pourrais leur proposer de devenir leur correspondant à LA. Je suis assez géniale, tu sais. Ce serait une chance pour eux de m'avoir.

— C'est bien vrai, dit-il. Je sais que pour moi, c'est une énorme chance.

De l'autre côté de la route, une enseigne publicitaire annonce la présence d'une chapelle de mariage à Las Vegas. Ryan la désigne d'un geste de la tête et me regarde.

— Un de ces jours, je t'épouserai, dit-il tendrement.

Ces mots et le timbre de sa voix déclenchent en moi des frissons d'espoir. Mais pas la moindre trace de crainte.

— Oui, dis-je, c'est ce que tu vas faire.

Et malgré le fait que notre histoire d'amour ait été si mouvementée que j'en ai la tête qui tourne, je sais que c'est vrai.

— Mais pas comme ça, précisé-je en indiquant le panneau.

— Non, convient-il. Notre mariage sera un événement. Une grande fête.

— Une cérémonie, dis-je, et je l'embrasse encore, juste parce que je ne peux pas faire autrement. J'espère que Damien te paie bien, ajouté-je en riant. Car je viens de passer ces dernières semaines à programmer toutes sortes de choses pour le mariage de Nikki, donc j'ai plein d'idées.

Ses lèvres s'ourlent d'un sourire.

— Tout ce que tu voudras, Mademoiselle Archer.

— La seule chose que je veux, c'est toi.

— Ça tombe bien, parce que je suis à toi. Maintenant et pour toujours.

Avec un soupir, je me love dans ses bras, je me sens aimée et protégée et en paix avec moi-même.

Derrière nous, l'autoroute se profile jusqu'à l'horizon, mais je n'en ai cure. Je sais exactement où je vais.

— Je te rendrai très heureux, susurré-je

— Mon petit chat, dit-il. C'est ce que tu fais déjà.

———

Découvrez le premier chapitre de Tente-moi...

TENTE-MOI

Chapitre premier

Encore.

Le mot résonne dans ma tête, fait battre un rythme sensuel dans mon sang.

Encore, oui, oh oui. Je t'en prie, encore.

Je ne suis pas endormie, je ne suis pas éveillée. Non, je flotte sur un nuage quelque part au-dessus d'un horizon de rêves, je me sens vivante. Je me sens vibrante.

Je me sens sauvagement, incroyablement, follement allumée.

Surtout, je me sens aimée, désirée.

Les sens éveillés par l'excitation, je reprends pied dans la réalité. Dans un lieu où je connais la raison de ce feu qui consume mon corps, enflamme ma peau et culmine entre mes jambes, me laissant endolorie et implorante.

Ses lèvres. Ses mains.

Elles s'approprient mon corps, fortes et sûres. Chaque caresse est une langue de feu, chaque baiser est une oasis rafraîchissante qui m'empêche de fondre sous le feu qui m'embrase.

Je connais bien ce toucher. Cet homme.

Ryan Hunter.

Je soupire, c'est juste le plaisir de son nom dans ma tête, Hunter, le chasseur. *Mon Hunter.*

Avant Hunter, je suis sortie avec beaucoup de types, vraiment beaucoup.

Il fut un temps où j'y mettais un point d'honneur. Jamie Archer devait coucher avec les meilleurs en ne laissant personne s'approcher trop. Car si vous les laissez s'approcher un peu trop, vous pouvez vous brûler.

Puis Hunter arriva et il perça mes défenses. Toutes mes défenses.

Il m'apprivoisa, et maintenant, il est toujours avec moi. Dans mon cœur. Dans ma tête.

Même en ce moment – les yeux encore clos, entre veille et sommeil – je peux l'imaginer. L'épaisse chevelure châtain coupée court, mais suffisamment longue pour que je puisse y glisser mes doigts. Des yeux bleus insondables qui me percent au plus profond. Un corps long et svelte qu'il utilise avec expertise – au lit et ailleurs.

Il est si présent dans ma tête, mais ce n'est pas assez, je veux le voir de mes yeux. L'humour et la chaleur dans ses yeux. Le frémissement de ses lèvres lorsqu'il me regarde, comme s'il hésitait entre m'embrasser et me dévorer. Sa mâchoire contractée alors qu'il retient le désir, retardant son plaisir tant qu'il ne m'a pas fait exploser encore, encore et encore.

— Ryan, murmuré-je tout en ouvrant les yeux, incapable d'attendre davantage.

— Non.

Le mot est simple mais ferme. Il dégage l'autorité qui est naturelle chez lui. Tout en gémissant, je me plie, obéissante.

— Gentille fille.

Sa voix glisse sur moi comme une caresse chaude et je me mords la lèvre, m'obligeant à rester tranquille.

— Je te veux perdue dans tes fantasmes, poursuit-il. Je veux regarder ton corps onduler sous ma main, ignorant ce qui t'attend. Ne sachant pas si je vais embrasser tes seins ou te donner une claque sur les fesses.

Il ne fait rien. En fait, ses mains bougent à peine. Il se limite à attraper mes hanches, ses mains sont immobiles. Seuls ses pouces remuent – une douce caresse qui va et qui vient, avec la légèreté du papillon qui bat des ailes, mais pour moi, l'intensité du contact est telle qu'elle irradie jusqu'à mon sexe. Je suis chaude, excitée, je meurs d'envie et je frémis sous lui, l'implorant silencieusement de me toucher plus fort.

Il ne me déçoit pas, et c'est de surprise et de plaisir que je crie quand ses doigts pincent mes mamelons. Je gémis lorsqu'il écrase ma bouche sous un baiser vorace.

Il promène sa main sur mon corps, son toucher est appuyé. Possessif. Il pétrit mes seins, les pressant juste assez pour me faire cambrer, avide. Avide de sa bouche sur mon téton, dans l'attente qu'il le suce, le taquine.

Mais il me laisse à mon avidité et sa main descend. Pas avec la légèreté de la plume cette fois, mais avec une telle passion, une telle force qu'il laisse une traînée de feu vif sur mon corps. Et lorsque sa main s'arrête entre mes cuisses et mon bassin, je hurle.

— Hunter, prends-moi, prends-moi.

Je peux pratiquement sentir la chaleur de sa peau sur mon sexe, mais il ne bouge pas. Non, il change de position et je sens le matelas s'enfoncer, puis la chaleur de son souffle dans mon oreille.

— Je veux tout, susurre-t-il tout en bougeant le pouce pour que je le sente érafler la peau sensible au-dessus de mon clitoris. Bouche. Seins. Cul. Douleur. Plaisir. Et tout ce qui va avec.

Ses pouces plongent en moi, je me cambre, désireuse qu'ils s'enfoncent davantage, me remplissent.

Mais il me titille encore, et au lieu d'enfoncer ses doigts bien profonds, il les retire, m'obligeant à me mordre la lèvre pour ne pas gémir.

— En d'autres termes, mon petit chat, murmure-t-il en traçant avec son pouce des cercles désinvoltes autour de mon clitoris. Je te veux à ma merci.

— Je le suis. (Les mots sont haletés.) Tu sais bien que je le suis.

Le lit bouge encore pendant que je parle et la température de ma peau baisse lorsqu'il retire sa main chaude de sous mon corps. La panique me saisit un instant, je crains qu'il ne joue. Qu'il me laisse ici, nue et seule, alors que je rêve qu'il me touche, ma peau rougissant de plaisir dans l'attente de son retour. Et je retiens l'envie de me caresser, c'est sa main que je veux sur moi et son sexe enfoncé bien profond.

— Hunter.

Je m'accroche à son nom, et je tends les bras à l'aveuglette, le cherchant.

— Chut, dit-il en effleurant doucement mes lèvres de la pointe du doigt, ce qui me soulage. Attends, ajoute-t-il en glissant le doigt toujours plus bas jusqu'à ce que je sente ses deux mains sur mes hanches, puis il les glisse à l'extérieur de ma cuisse.

Une chaleur martelante, liquide, s'étend entre mes jambes. L'excitation est trop forte, j'en veux, plus, rien ne me retient. Et je bouge les hanches dans une imploration silencieuse qui, malheureusement, reste vaine et me laisse frustrée.

— Oh, que c'est beau, dit-il en saisissant mes chevilles de ses mains et lentement – trop lentement –, il écarte mes jambes. Tu es tellement trempée que tu luis. Tu es à point, mon ange, parfaitement à point, je dois te goûter.

À peine les mots sortis de ses lèvres, sa bouche frôle l'intérieur de ma cuisse et il m'embrasse en remontant toujours plus haut, ses doigts glissent le long de l'autre cuisse, la caressant avec légèreté. Je gémis, frémis, il me touche avec plus d'intensité, fini les légers frôlements sur ma peau sensible, ses mains me retiennent, fortes. Je suis immobile, prisonnière, et complètement ouverte à lui. Complètement offerte.

Sa langue râpe la peau douce du haut de ma cuisse, j'en frissonne. J'ai envie de me tortiller, mais il me tient fermement, j'entends quelqu'un qui supplie et je réalise que c'est moi. Un doux « oui, oh oui, je t'en prie » sort de ma bouche, bien moins un murmure qu'une prière.

Enfin, sa bouche s'arrête sur mon sexe, il le suce et le taquine, jouant avec mon clitoris hyperexcité, j'essaie de bouger, de me dégager un peu de l'emprise étonnante, stupéfiante, incroyable. Mais c'est impossible, et je dois résister alors qu'une tempête monte en moi, nourrie d'un plaisir si intense qu'il en devient douloureux.

Alors que des vagues secouent mon corps, il se retire, me caressant doucement, sa langue plonge en moi, poussant violemment ; je crie, j'en veux plus. Je veux qu'il me remplisse, je veux que mon corps se dilate pour l'accueillir. Je veux qu'il s'empare de moi, qu'il m'utilise. Je veux me briser sous la force de cet homme que j'aime.

— Hunter, crié-je, et lorsqu'il retire la main qui me retient, j'ondule des hanches, je m'empale sur sa langue, il glisse ses mains vers mes seins, les prend, taquine mes tétons avec son pouce. S'il te plaît, l'imploré-je, car je suis maintenant à bout. Je t'en prie, répété-je, les yeux écarquillés, je veux te sentir en moi.

Il lève la tête, son expression est un mélange de passion et d'espièglerie, puis il remonte mon corps en le caressant lentement de ses lèvres, ce qui me rend encore plus folle.

— Ryan.

Mais un long baiser m'interrompt, un baiser si profond, intime et captivant que j'ai l'impression de faire bien plus.

— Chut, murmure-t-il, sa bouche sur la mienne.

Goûtant mes lèvres, les mordillant. Suivant la ligne de ma mâchoire alors que ses doigts s'enfoncent en moi.

— Tu es trempée, dit-il, et j'explose, je m'écrase contre lui.

Je le veux. Je le veux entièrement. Et je suis à la fois frustrée qu'il ne me donne rien encore, et excitée, sauvagement, délicieusement, follement par la façon dont il fait durer ce plaisir inimaginable dans un délice infini.

— Je ne veux pas m'arrêter, admet-il. Je veux continuer à t'exciter. J'adore quand tu me supplies, bébé, j'adore entendre combien tu me désires. Dis-le encore, ma chérie, dis ce que tu veux.

— Toi.

Ma voix est éraillée, aussi chamboulée que mon corps. Je te veux dans moi, je veux que tu jouisses en moi.

— Bon sang, Jamie. (Sa voix est brusque, pressante.) Je ne tiens plus. Retourne-toi, bébé, agenouille-toi pour moi.

Je ne me fais pas prier. Je me suspendrais à un fichu lustre s'il me le demandait, même s'il n'y a pas de lustre. Je le veux, c'est tout. Je veux le satisfaire. Je veux le sentir.

— Magnifique, murmure-t-il lorsque je me suis agenouillée, la tête sur l'oreiller, et mes coudes sur le lit.

Il me donne une légère claque sur les fesses, je gémis en serrant les jambes pour soulager ma chatte de cette pression croissante. Je suis tellement excitée qu'il suffirait qu'il me touche une fois encore pour que je monte au septième ciel, et ce n'est pas ce que je veux. Pas encore.

Non, ce que je veux, c'est le sentir en moi. Je veux ce contact, l'union la plus intime, et lorsque je sentirai enfin sa queue dans ma fente, tout mon corps exultera. *Voilà.* C'est ça que je veux. Cet homme, ne faisant qu'un avec moi.

— Oui. (Je le supplie.) Maintenant, Ryan, *maintenant.*

Je suis horriblement mouillée et lorsqu'il m'attrape par les hanches et pousse en avant, son sexe me remplit. Il reste immobile un moment, nos corps s'assemblent, puis il se retire avant de s'enfoncer violemment en moi, encore et encore. Sauvagement, à toute vitesse, à une cadence qui me laisse haletante, mes hanches en mouvement à l'unisson de ses poussées pour plus d'intensité.

— Je t'adore, susurre-t-il, bon sang, ce que c'est bon.

— Oui, murmuré-je, car ma tête ne trouve rien de mieux. Encore.

Son rire est bas, guttural, il retire une main de ma hanche et la fait glisser pour cajoler mon clitoris. Il ralentit ses poussées maintenant, et lorsque sa deuxième main lâche ma hanche, je mordille ma lèvre inférieure, me demandant où il veut aller. C'est alors que je sens la pression de ses doigts allant de mon vagin à ma croupe, mon corps est secoué de tremblements annonciateurs de l'orgasme et mon sexe se resserre sur sa queue dure comme le roc.

— C'est ça bébé, je veux te rendre folle.

Je suis terriblement excitée, il titille mon anus avec son pouce que je sens humide, lubrifié par mon plaisir. Il l'enfonce, doucement tout d'abord, puis il accélère quand je me détends, son doigt fornique mon anus et son sexe pilonne toujours plus fort, la cadence s'emballe, jusqu'à ce que je ne sois plus que sensation, lascivité, volupté gourmande.

Il excite mon clitoris en l'effleurant tout en plongeant son doigt et son sexe plus avant, j'ondule des hanches, je voudrais que ça continue pour l'éternité, mais aussi exploser de suite. Je veux éclater.

Je veux que ça ne se termine jamais.

Je veux Hunter.

— Ryan, l'imploré-je, s'il te plaît Ryan, je t'en prie.

Et puis, sans crier gare, mes muscles se resserrent autour de lui, mon corps tressaille, électrifié, les pulsations de mon vagin l'amènent à l'extase. Il hurle alors que son corps explose en moi, et je me démène en gémissant, souhaitant à la fois échapper à cette tempête de sensations et la vivre complètement. Je suis perdue dans une danse de couleurs primaires, tellement incroyable et intensément belle que je suis sûre que le paradis doit ressembler à ça. Ou du moins c'est le paradis que nous formons, Hunter et moi.

Je reviens doucement à moi et réalise que je mords le coussin comme si c'était l'amarre qui me retenait à terre.

Ryan s'est mis derrière moi et il me blottit contre la chaleur de son corps.

— Je crois que tu m'as explosée, murmuré-je, et bien que je ne puisse pas entendre son rire, je sens les tressautements de son torse.

— J'espère que le jeu en valait la chandelle.

Je me tourne pour lui faire face, nos jambes entrelacées, son sexe en demi-érection se frottant contre ma chatte excitée.

— Drôlement, dis-je en me baissant pour le caresser.

Je perçois ses yeux s'embraser et son sexe se contracter, visiblement intéressé. Mais bien que le corps soit partant, l'homme secoue la tête, et j'immobilise ma main.

— C'était ton réveille-matin, bonjour, me dit-il en m'embrassant sur le nez.

— Si c'est ça le réveil, j'abandonne l'appareil et compte sur lui tous les matins.

— Je ne suis pas contre, dit-il, et bien qu'il ait à peine secoué la tête, il saisit ma main et la glisse sur sa queue, m'ordonnant clairement de reprendre les caresses.

Je lève un sourcil, amusée.

— Ou au contraire, on devrait toujours mettre le réveil, ainsi on se rappellerait de se réveiller et de faire l'amour.

— Je n'ai pas besoin d'un rappel pour te faire l'amour.

Je souris.

— Non ?

— Jamais.

Je soupire de plaisir, car je sais bien que c'est vrai.

Nous sommes ensemble depuis deux ans, Ryan et moi, et je ne me suis jamais sentie aussi heureuse, aussi aimée. C'est mon chevalier. Un homme qui m'a littéralement sauvée lorsque j'ai essayé de m'enfuir. De le fuir, de fuir une vie qui ne fonctionnait plus comme je le voulais ou l'avais imaginé.

Mais maintenant je l'ai, et chaque jour est une bénédiction. Il est fidèle, protecteur et diablement sexy. Et la fille qui traitait les hommes comme si c'étaient des bonbons (sucrés, délicieux, mais décidément toxiques) est devenue la femme consciente que Ryan est ce qui lui est arrivé de mieux. Il m'aime, comme je suis, avec toutes mes imperfections.

Et ça, c'est vachement agréable.

Et pourtant, il m'a vue dans mes pires moments. Il est le chef de la sécurité chez Stark International, son patron et meilleur ami est Damien Stark, le multimilliardaire qui est aussi le mari de ma meilleure amie. Ryan a donc eu une vue privilégiée sur mes choix catastrophiques à répétition. Il m'a vue bourrée, il m'a vue plaquée. Il a vu un défilé de mauvais choix passer devant moi et il savait très bien qu'ils finissaient dans mon lit.

Or, tout ce temps, il me désirait. Non pas comme un bon coup, non, différemment. Et il m'a conquise avec une détermination peu commune.

J'étais terrifiée au début.

Maintenant, je ne sais pas comment je pourrais survivre sans lui à mes côtés.

Mince, il m'aime tellement qu'il veut m'épouser, et ça aussi, c'est super. Mais la peur plombe tout. Car si je suis heureuse à l'idée de passer le restant de mes jours avec Ryan, le simple fait de passer par la case mariage me rend nerveuse.

D'ailleurs, ça me rend nerveuse rien que d'y penser. Et, comme je le fais en pareil cas, je chasse l'idée de ma tête et je me retourne pour me blottir tout contre lui. Je respire son odeur et soupire d'aise, car il exhale un parfum de nid.

— J'aime avoir des jours de congé, dis-je.

J'avais oublié à quel point c'était bien quand mes week-ends étaient libres. J'ai décroché depuis peu un poste de présentatrice le week-end pour un programme d'informations local, c'est le pied, mais je regrette vraiment ces moments paresseux.

— Eh bien, on ne peut pas trop paresser. On retrouve Nikki et Damien chez Jackson et Sylvia et, ajoute-t-il en baissant les yeux sur son érection, dure comme le béton, que je suis en train de travailler. J'ai bien peur que nous ne soyons en retard.

— Pffft, j'agite mon autre main comme pour balayer ses propos. Ils ont une maison, ils ont des enfants. Ils ne vont pas s'envoler.

Je lui donne un coup à l'épaule pour le pousser sur le dos tout en lâchant sa queue dans la foulée. Je l'enfourche très bas sur les hanches. Puis je commence à onduler, tortillant doucement de la croupe tout en me penchant sur lui en faisant glisser mes mains lentement sur ses abdos tablette de chocolat. Enfin, toujours plus haut, me retrouvant pratiquement en posture de yoga, le buste plaqué contre lui et les jambes écartées, le gland de sa queue titillant mon cul.

Et je mouille, je suis trempée et excitée à nouveau. J'ondoie doucement, pour sentir les poils au-dessus de sa verge râper mon clitoris réactif. Et sa verge, oh oui, je la veux entièrement. Je soulève mon bassin en faisant des mouvements lents et réguliers pour que sa tige se frotte contre ma raie.

Je croise ses yeux, j'y perçois de l'amusement teinté d'une flamme sauvage qui se reflète dans les miens.

— Arrête de jouer dit-il, fais glisser ta belle chatte et baise-moi.

— À vos ordres, dis-je, le faisant doucement pénétrer en moi, comme il le demande, si doucement que l'envie nous rend fous.

Et lorsqu'il est bien profond, nous nous unissons dans des mouvements lents et sensuels.

— Embrasse-moi, demande-t-il, et je referme ma bouche sur la sienne, plongeant dans cette communion de nos corps, l'un sur l'autre, si proches que je ne pourrais dire si le battement de cœur que je sens est le sien.

Nous bougeons doucement tout d'abord, puis il n'y a plus de retenue, le rythme devient frénétique, il explose en moi, je m'abîme dans ses bras.

— Oh, bébé, murmure-t-il quand nous avons retrouvé la raison, et il me regarde, les yeux remplis d'amour. Tu es si belle !

Je me penche et l'embrasse, le cœur débordant. Et je ne peux pas m'empêcher de penser combien c'est différent avec Ryan, différent des hommes que je fréquentais avant. Avant, lorsqu'un type me disait que j'étais belle, ça me gênait un peu.

La vérité, c'est que je *suis* belle. Ce n'est pas une manifestation de mon ego, c'est juste une vérité empirique. C'est utile, et j'en ai profité. Mais ce n'est pas moi. Mon vrai moi. Et dans ma vie AR (Avant Ryan), chaque fois qu'un type me disait que j'étais belle, je ne savais jamais s'il m'aimait ou s'il était juste content d'avoir un joli cul sous la main.

Avec Ryan, je suis sûre de son amour. Et la beauté qu'il voit en moi va au-delà de ce que perçoit l'objectif d'un appareil photo.

Il voit la femme dans son intégrité, il voit l'amante, l'amie. Il voit la fille avec qui il peut rire. Avec qui il peut parler. Une femme avec qui il peut partager de longues nuits paresseuses. Une femme avec des espoirs et des rêves, des peurs et des doutes.

C'est moi, *Jamie Archer,* qu'il voit. Et c'est vraiment agréable.

— Je t'aime.

Je prononce ces petits mots qui débordent de moi : « Tu es ce qui m'est arrivé de mieux. »

Mais dès que je les ai prononcés, je le regrette. Non pas parce que ce n'est pas vrai. Mais parce que je vois la réponse sur le visage de Ryan qui me connaît suffisamment pour ne pas le dire.

Si c'est vrai, alors pourquoi ne m'épouses-tu pas ?

Je sais bien qu'il comprend que le mariage me terrifie. Et heureusement, il est patient.

Mais un jour viendra où la compréhension ne suffira plus et où sa patience se sera épuisée.

Il voudra une réponse. Un oui catégorique ou un non catégorique.

Et que diable vais-je faire alors ?

———

À PROPOS DE L'AUTEUR

J. Kenner (alias Julie Kenner) est une auteure de best-sellers internationaux figurant aux classements des journaux *New York Times*, *USA Today*, *Publishers Weekly* et *Wall Street Journal*. Elle a écrit plus d'une centaine de romans, de romans courts et de nouvelles dans toutes sortes de genres littéraires.

Selon *Publishers Weekly*, JK est une auteure qui a un « don pour le dialogue et la création de personnages excentriques », et le *RT Bookclub* estime qu'elle a su « répondre aux besoins du marché en créant des antihéros scandaleusement attirants et dominateurs, et des femmes qui fondent pour eux. » Six fois finaliste de la prestigieuse récompense RITA (*Romance Writers of America*), JK a remporté son premier trophée RITA en 2014 pour son roman *Claim Me* (tome 2 de sa trilogie *Stark*) et le second en 2017 pour son roman *Wicked Dirty*. Elle a vendu des millions de livres, publiés dans plus de vingt langues.

Au cours de sa précédente carrière, JK a exercé

comme avocate en Californie du Sud et au Texas.
Elle vit actuellement dans le centre du Texas, avec
son mari, ses deux filles et deux chats plutôt
lunatiques.

Visitez son site web www.juliekenner.com pour
en savoir plus et pour entrer en contact avec JK sur
les réseaux sociaux !

J. Kenner Facebook Page
Facebook Fan Group
Newsletter

www.jkenner.com